LES CHASSEURS DE MIREILLE

DU MÊME AUTEUR
CHEZ LE MÊME ÉDITEUR

Nº 42 : LA DISPARUE DE SUNSET BOULEVARD
Nº 43 : LE PARFUM DE LA DAME EN GRIS
Nº 44 : LES FEMMES MYGALES DE CÔTE-D'IVOIRE
Nº 45 : LA DANSE DES COUTEAUX
Nº 46 : LES AMANTS DE SINGAPOUR
Nº 47 : LA VEUVE DU LAC
Nº 48 : LES FANTASMES DU NOTABLE
Nº 49 : LA BÊTE DU LUBERON
Nº 50 : CARNAVAL À VENISE
Nº 51 : LES NUITS BLANCHES DE LA TOUR EIFFEL
Nº 52 : LOVE TELEPHONE
Nº 53 : GOLF-PARTY
Nº 54 : L'ENFER DU COLLECTIONNEUR
Nº 55 : LES SOMNAMBULES DU DOCTEUR MARLY
Nº 56 : LES ENVOÛTÉES DU MARABOUT
Nº 57 : LA TUEUSE D'HOMMES
Nº 58 : LA DIVA DU BOIS DE BOULOGNE
Nº 59 : LA FOLIE DE BARBE-BLEUE avec le premier numéro de L'AMOUR SAUVAGE, *Les Indiens voleurs de femmes.* Gratuit.
Nº 60 : LE MANIAQUE DU PARKING
Nº 61 : LE BATEAU DES FILLES PERDUES
Nº 62 : LE DÉMON DU PEEP-SHOW

MICHEL BRICE

BRIGADE MONDAINE

LES CHASSEURS DE MIREILLE

PLON

Les dossiers Brigade mondaine de cette collection sont basés sur des éléments absolument authentiques. Toutefois, pour les révéler au public, nous avons dû modifier les notions de temps et de lieu ainsi que les noms des personnages.

Par conséquent, toute ressemblance avec des personnes existantes ou ayant existé serait totalement involontaire et ne relèverait que du hasard.

ISBN : 2-259-01292-2.

CHAPITRE PREMIER

Tout près de Mireille, frissonnante sous la vieille couverture du lit, le pêne de la porte cognait dans sa gâche. Les vitres de la fenêtre cliquetaient dans leur mastic décollé, vieux de cinquante ans. Comme cliquetaient les tuiles mécaniques du toit du jas (1). Dehors, les volets cognaient contre leurs taquets. C'était un défilé tourbillonnant de feuilles automnales. L'air sifflait sous la porte, mugissait comme un souffle de bête sauvage affolée.

Le mistral... Levé depuis ce matin et qui avait subitement tout glacé dans le haut-pays, sous le ciel débarrassé du moindre nuage.

Sûr que, partout, les bêtes se terraient. Lièvres, lapins, perdreaux, musaraignes et orvets, étourneaux, corbeaux, premières grives migratrices annonciatrices de l'hiver proche.

Dans le vieux lit aux montants taillés à la serpe, Mireille transpirait de tout son corps nu et en même temps, sa nuque et ses tempes, exposées hors de la couverture au vent « fusant » qui avait depuis longtemps transformé en cendres le feu dans la cheminée, à l'autre bout de la pièce, étaient parcourues de vagues

(1) Bergerie de montagne. Refuge à tous usages, dans les Alpes de Haute-Provence.

glacées. Comme sur la côte, plus bas, en Camargue ou à Marseille, la surface de la mer tremblote de froid sous le vent surgi de la vallée du Rhône et dont l'irruption, dans tout le midi méditerranéen, fait avancer d'un coup l'hiver de quinze jours. Octobre en Haute-Provence. L'époque où le vent subit annonce la neige, la rétractation générale de la nature pour la mauvaise saison. L'époque où il devient aussi merveilleusement bon de se tenir par temps de mistral, même si le feu s'est éteint dans la cheminée du jas de Valbelle, nichée dans les bras d'un homme.

— Ange, Ange... murmura-t-elle en secouant la tête dans tous les sens... Fais le minos un peu, juste un peu...

Elle essaya de se reculer le plus possible dans le matelas effondré. Un vrai réseau de nœuds de laine qui avaient oublié depuis des siècles ce que « carder » veut dire.

Elle eut une brusque cambrure des reins : ce saligaud d'Ange l'avait suivie. Profitant de son mouvement à elle pour accélérer son mouvement à lui. Et ça c'était passé ! Dans un redoublement furieux du vent sifflant toute sa poussière extérieure dans les interstices des ouvertures, Mireille n'avait pas pu dominer plus longtemps son plaisir.

Alors, elle criait, elle griffait un dos nu comme elle était nue tout entière elle-même. Elle battait ses mèches brunes sur l'oreiller crevé d'où des plumes s'échappaient, aussitôt happées par la tempête qui tournoyait maintenant à l'intérieur du jas. Au plus profond d'elle-même, le membre d'Ange continuait à la tarauder, inépuisable, réveillant sans merci ses terminaisons nerveuses à peine rassasiées. Mireille cria encore, puis encore. Trois fois. De plus en plus frénétiquement lovée de toutes ses cuisses et de tous ses bras autour du corps sec et puissant qui avait apparemment décidé de ne jamais s'arrêter de la prendre pour cible à massacrer délicieusement avec son pieu !

Ils prirent un peu de répit, haletant ensemble au rythme même du vent. Ivres des mêmes choses tous les deux. L'odeur puissante du lit de montagne, mélangée à tellement d'autres odeurs. Le marc de café suintant sur la cuisinière à charbon de bois, refroidie elle aussi, les buches de chêne et de fayard chargées de champignons à côté de la cheminée. La bécasse pendant par les pattes à un clou. A côté d'une demi douzaine de saucissons de porc tout frais, et la burette d'huile du fusil de chasse démonté sur la table où traînaient encore les reliefs du déjeuner. Il y avait aussi un relent d'alcool de figue, l'odeur de tabac grillé de cigarillo d'Ange dans un culot d'obus de la guerre 14 ouvragé en cendrier. Le cigarillo qu'il avait écrasé au moment exact, une fois son verre de fine terminé cul sec, où il lui avait dit :

— Au lit, maintenant. Ça te dirait ?

L'invitation qu'elle attendait depuis des heures. Celle à laquelle elle n'avait cessé de penser depuis que ce matin, profitant de son jour de congé à la fabrique de tuiles de Noyers-sur-Jabron où elle travaillait comme dactylo, elle était montée jusqu'ici, à Valbelle, jusqu'au jas pourri de ce vieux solitaire d'Ange. En robe de coton (Ange avait horreur des jeans et des tee-shirts), transpirant comme une bête à force de pédaler sur la route de plus en plus pentue au milieu de la forêt de hêtres, de châtaigniers, et de chênes rouvres, mais c'était ça qu'adorait Ange. Qu'elle arrive haletante et transpirante. Qu'elle se présente, jambes coupées, muscles chauffés à blanc par l'effort de la montée, et surtout, inondée de sueur dans sa robe de coton à col de dentelle achetée 80 francs au marché du samedi matin, à Sisteron.

Ça, Mireille connaissait bien le processus de l'arrivée ici, depuis le temps qu'elle venait cogner à la porte d'Ange, tous les lundis... Derrière la vitre sale de l'entrée, il y aurait la « pièce à vivre », le taudis du vieux solitaire montagnard dont elle était tombée follement amoureuse. Et dedans, Ange, vautré, elle le savait d'avance, sûr comme deux et deux font quatre, dans un canapé de cuir datant des années vingt. Complètement crevé, éliminé, « éclaté », ressorts défoncés. Et échoué là, dans ce jas perdu au pied de la face nord de la montagne de Lure au milieu d'une forêt où dominaient les fayards centenaires échappés par on ne savait quel miracle aux bûcherons italiens débarqués ici en force dans les années cinquante.

Il la faisait toujours attendre dehors dans sa robe de coton, et généralement, l' « invitation » fusait au bout d'un quart d'heure à travers la porte à l'huisserie disjointe.

« A poil ».

Un des rares mots qu'Ange parût capable de prononcer avec elle. Celui, en tout cas, qui avait été le premier son sorti de sa bouche, un an plus tôt, dans une ruelle, non loin du marché du samedi de Sisteron quand il l'avait surprise derrière un pilier, jupe soulevée, accroupie, incapable de retenir plus longtemps sous son regard l'eau qui s'écoulait d'elle. Il l'avait prise comme ça. Déshabillée en un tournemain derrière le pilier de cette ruelle perdue, sous des fenêtres aux volets fermés d'où s'échappaient des piaillements de mamans en dispute. Avec des odeurs de lessive mêlées à celles de ragoûts, de daube, de sachets de lavande que quelqu'un s'occupe à glisser dans des armoires de chêne.

Ce jour-là, Mireille, venue au marché avec des copines de son âge — elle avait seize ans — n'était qu'une petite vierge qui manigance une combine pour rester au bal du soir, après le marché. Elle n'était pas allée au bal. Elle avait suivi Ange jusqu'à Valbelle. A vingt kilomètres de là. Les cuisses encore saignantes de son dépucelage de ruelle cachée.

Là-haut, à l'aube, quand le soleil avait eu une de ses rares illuminations de la journée sur l'encorbellement d'altitude du jas d'Ange, elle s'était demandé, juste avant de s'endormir épuisée, combien de temps un certain nombre de filles de sa connaissance mettraient pour apprendre ce qu'elle avait appris en une nuit...

Le surlendemain, sa mère l'avait chassée de la maison. Epouvantée en apprenant que Mireille, sa fille, était tombée amoureuse d'Ange le vieux solitaire du jas de Valbelle ! Le faune qui passait l'hiver là-haut dans la neige ! Le clochard de la région ! Mais qu'est-ce qu'il avait donc ?

Une belle allure, un ventre plat, des épaules larges, des tempes très grisonnantes comme toute sa chevelure épaisse et des yeux bleus de Corse. Des yeux bleus comme le fond de la mer à faire tourner le cœur des filles.

On n'avait plus parlé de Mireille dans sa famille, les Bouscarle, à Sisteron. Oubliée. Chassée. Bien sûr, on était parfaitement au courant de ce qu'elle était devenue ! Elle avait fini par trouver une place de dactylo chez Auriol, le fabricant de tuiles de Noyers. Même qu'on disait qu'elle avait eu la place parce que le père Auriol, vieux paillard de première, se l'était envoyée dès qu'elle s'était présentée.

Mais personne, dans sa famille ou dans ses relations, ne voulait plus rien savoir d'elle. Le soir, à la télé, le petit écran répercutait des nouvelles des coins les plus reculés du monde, et tout à côté, à quinze ou vingt kilomètres, Mireille Bouscarle, née d'Edmond et Mathilde du même nom vivait toujours. Mais c'était comme si elle n'existait plus. Rayée, oubliée. « Morte » comme au cimetière.

***

Tout à l'heure, Ange avait fait attendre Mireille un peu plus longtemps que d'habitude dehors, dans sa robe de coton trempée par la transpiration, et Mireille n'avait rien dit, parfaitement complice. Elle aussi ça l'excitait peu à peu de « sécher » dans le mistral qui se levait, de trembler de froid au fur et à mesure que sa robe cessait de coller à sa peau. C'était qu'il y avait, pour compenser, le feu « du dedans » ! Le feu dans le ventre, autour des seins, gagnant lentement les aréoles, puis les bouts qui tendaient le coton. Le feu sous les aisselles, où la langue d'Ange savait si bien traquer jusqu'au dernier sel restant de la sueur. Le feu de l'échine, des reins, des jarrets, et celui du pourtour des lèvres. Le meilleur feu. Celui que rien d'autre n'apaiserait que l'introduction brutale, sur le vieux lit grinçant de toutes ses jointures, du sexe épais d'Ange. Ange, le merveilleux clochard surdoué du jas de Valbelle !

Tout le temps que Mireille avait attendu, les chèvres s'étaient promenées autour d'elle. Pis lourd de lait à traire, allant, « distraitement », clochette sonnante au cou, lécher le sel dans les troncs creusés à cet effet de l'autre côté de la terrasse. Puis il y avait les « appelants », les grives capturées l'année dernière et l'année d'avant, qui sifflaient déjà dans leur cage, en avance de deux mois sur la venue de leurs consœurs qu'elles seraient chargées de faire approcher à portée du fusil, une fois le temps de leur chasse arrivé. A un moment, une vipère à tête triangulaire s'était faufilée entre les pierres, attrapant une musaraigne, vite tordue par les affres du venin. D'en bas, de la vallée de Jabron, parvenaient des bruits qui étaient ceux du déroulement du cours logique et normal du temps : le clocher de l'église de Noyers sonnait les heures, les quarts d'heure, les demi-heures. Sur la route invisible d'ici, des motos pétaradaient, des voitures ronflaient, des camions grognaient de toute la force de leurs passages de changement de vitesse dans les côtes.

Où se trouvait Mireille, gelant peu à peu devant la porte désirée, sinon dans un lieu hors du monde ? Une vallée d'avant la civilisation, et toujours existante, telle quelle, en plein boom technologique. La vallée de

Jabron, versant nord de la montagne de Lure. A 700 ou 800 mètres d'altitude sous un à-pic — ou pratiquement — dont le haut se trouvait à plus de 1 800 mètres au nord du sommet, ce qui voulait dire : dans la zone d'ombre.

A seize heures, comme elle commençait à vaciller de froid, malgré un feu intérieur, à côté de son vélo abandonné, un chien roux à demi sauvage était venu fourrer son museau entre ses cuisses, elle n'avait pas bougé, sachant très bien qu'Ange pouvait la regarder, derrière sa vitre. Puis le chien était reparti, truffe collée au sol, queue balancée en l'air, en chasse, à la recherche de la trace d'un lapin.

Un peu plus haut, de l'autre côté du ressaut de terrain, des clochettes de troupeaux tintaient, avec des aboiements impérieux de chiens de berger. Ça durait cinq minutes, les aboiements, puis ça se calmait. Les chiens avaient rempli leur office : tout était rentré dans l'ordre dans le troupeau.

Peu après seize heures, le soleil dont le disque commençait à être mangé depuis quelque temps, là-haut, par les sommets de la montagne de Lure, avait disparu tout à fait. L'ubac (1) avait été brutalement plongé dans l'ombre. Alors, comme chaque jour que Mireille venait attendre ici, la porte du vieux jas ruiné s'était ouverte en grinçant. La haute silhouette d'Ange était apparue. Autour d'eux, l'ombre envahissait tout. Avec l'humidité, l'odeur venue d'en haut des forêts et des champignons.

Ange avait chassé du pied une chèvre, puis le chien roux revenu.

— A poil.

Mireille avait obéi comme on obéit à ses rêves les plus secrets. Miraculeusement devenus réels. Et elle avait arraché en frémissant de tous ses membres la robe de

(1) Versant nord d'une montagne.

coton. Puis dénoué les lacets de ses Adidas, et elle était entrée dans le jas. Nue. Heureuse et n'oubliant pas de ranger robe et chaussures dans le placard de gauche, comme voulait Ange, qui refermait après le placard à clé. Pour qu'elle ne puisse repartir que quand il le voudrait. Et c'était pour la même raison, chaque lundi, qu'il enfermait le vélo de Mireille dans la remise derrière le jas.

***

Quel âge avait donc ce solitaire de la montagne? Comment savoir? D'accord, les cheveux grisonnaient, le cou portait les stigmates de la vieillesse qu'on appelle couramment des fanons. A savoir : cette façon qu'ont les tendons du cou de s'alourdir, de peser, d'apparaître bien visibles. Mais les épaules restaient incroyablement larges et solides, et le ventre et les hanches tellement minces! Ange avait les yeux bleus. Avec un regard lourd de choses vécues. Il se tenait très droit quant il marchait à côté de Mireille dans le sentier, autour du jas, entre les buissons et les touffes de lavande, et s'il se figeait brusquement pour tuer du gibier, elle croyait voir la silhouette exacte d'un champion olympique qu'elle avait vu à la télévision, lors des derniers Jeux. Nerveuse, rentrée du ventre, vive, promise pour vivre jusqu'à cent cinquante ans. Qu'est-ce qu'il faisait là dans son refuge de montagne? Depuis combien de temps vivait-il là? Et pourquoi certains soirs, vidait-il jusqu'à rouler par terre une bouteille entière d'un de ses alcools de framboise fabriqués par lui-même? Quel était le secret d'Ange, son amant au moins sexagénaire, même plus, dont elle n'avait jamais osé, dans la vallée, demander cette chose simple : qui était-il au juste?

***

Comme Mireille s'y attendait, Ange la retourna sur les draps, et d'elle-même, elle se débrouilla, visage soudain écrasé dans l'oreiller de misère, pour écarter ses fesses à deux mains. Elle ferma les yeux : Ange, dans la « nuit » complice des draps, crapahutait pour se placer en bonne position.

— Ha ! Ha ! cria-t-elle. Non ! Je dis : non !

Comme il avait des mots gentils pour expliquer qu'il ne faisait que réaliser ce qu'elle voulait profondément, comme il expliquait bien les désirs secrets des filles !

*
* *

Ange atteignait enfin le plus profond du chemin des reins de Mireille quand elle le sentit se rétracter comme s'il ne voulait plus aller encore en avant.

— Ange... murmura-t-elle, vaincue. Vas-y. N'aie pas peur. Je n'ai plus mal, je t'aime...

Dehors, le mistral sifflait à rendre fou un vieux chien expérimenté. Il y eut un bruit de folie au-dessus d'eux : une tuile dégringolait du toit, terminant sa course à vingt mètres, éclatée contre la pierre gravée « Aubert Fecit (1), 1858 » de la fontaine. Les chèvres gémissaient. Dans l'âtre, les cendres voletaient, saisies par une tornade sèche.

Ange s'arracha lentement à Mireille, et celle-ci eut à peine mal.

— Il se passe quelque chose dehors, murmura-t-il. Ce n'est pas le mistral.

Lovée dans les couvertures sentant la fumée et le suint, Mireille eut très froid pour la première fois qu'elle venait ici : Ange se rhabillait, calmement, sans avoir terminé de lui faire l'amour.

Pendant qu'elle le regardait sortir, et comme il avait toutes les peines du monde à ouvrir la porte de la pièce,

(1) Latin : « fait par Aubert ».

Mireille fut traversée d'une abominable intuition : elle le voyait pour la dernière fois ! Pour la dernière fois vivant ! C'était idiot ! Il n'y avait aucune raison de se paniquer mais la panique était là !

Elle fixa, tétanisée, la porte qui se refermait derrière la silhouette mince et déhanchée de son vieil amant interdit, et elle se renfonça dans les couvertures jusqu'au cou. Lèvres mordues, secouée de frissons incontrôlables.

*
* *

A vue de nez, du moins pour un chasseur expérimenté, le lièvre devait bien faire dans les huit à dix livres. Il était jaune, avec des reflets bruns du côté des aisselles et de la naissance de la queue, comme tout vrai lièvre de montagne qui se respecte. Collé contre le mur du jas de Valbelle, il haletait et il ne fallait pas être très observateur pour voir que ses carotides battaient de trouille sous ses maxillaires. Les yeux avaient quelque chose d'humain dans la panique. Yeux ronds, légèrement exorbités, avec des prunelles noires. A la limite, l'éclat des prunelles « parlait ». Hurlait quelque chose comme : « Pitié ! » Des yeux d'être traqué. Voué d'origine au supplice.

Ange descendit lentement les marches qui menaient de sa porte jusqu'au sol caillouteux devant son refuge de montagne.

— Il est à moi, il n'est pas à vous, fit-il.

Il se penchait vers le lièvre, toujours haletant, et qui commençait à se lover vers ses chevilles comme un chat qui cherche protection dans un monde de chiens hurlants. Ce qui était exactement l'affaire en cours : autour de ceux qui avaient surgi, fusils de chasse à l'épaule, devant l'entrée du jas de Valbelle, dix chiens au moins grattaient le sol avec des griffes nerveuses. Dix chiens courants à la robe fauve et brune, couverts de sueur, langue sortie à demi. La race mélangée et indéfinissable des chiens courants de la Haute-Provence. Dont le vrai pedigree est impossible à trouver. Mais qui sont de véritables maîtres canins de chasse. Bonnes bouilles, babines pendantes, salive dégoulinante, de braves chiens qui ne feraient pas de mal à une couvée de perdreaux, mais qui sont capables d'abattre cinquante kilomètres de montagne rien que pour ramener un lièvre, au quatrième jour de chasse, vers le fusil de leur maître.

Ange termina de remettre un peu d'ordre dans sa tenue. Une fois ce travail effectué, il se sentit un peu plus sûr de lui dans le mistral qui rendait de plus en plus folles les cimes des fayards et des chênes rouvres autour de lui sur la terrasse de son jas perdu dans l'ubac noyé par la nuit sur le versant nord de la montagne de lune.

— Tu es seul ? lança un des chasseurs.

Ange vibra.

— Tu vois de la fumée à ma cheminée ? Bon, si j'avais quelqu'un dedans, j'aurais fait du feu.

Il y eut un rire gras chez l'un de ceux qui le cernaient.

— Ça, Ange, c'est connu, il n'a pas besoin de feu... La race préhistorique...

Le lièvre mi-fauve mi-brun se recroquevilla autour des pieds d'Ange comme un chat qui dort. Mais il ne dormait pas ! Il avait le coin de l'œil aux aguets ! Il flairait tellement ce qui allait se produire.

Sa mort...

Tout de suite. Très bientôt...

Celui qui paraissait commander dans le groupe survenu dans le mistral qui forcissait comme un mauvais vent de mer, se mit à parler comme si ce qu'il avait à dire était prévu longtemps à l'avance.

— Ange, il y a deux jours qu'on traque ce lièvre. Il n'y a plus tellement de lièvres par ici. Tu vas rentrer dans ta cahute, tu vas nous laisser tirer ce lièvre. Il est à nous.

Ange le fixait, de plus en plus calme.

— Ecoutez, fit-il, vous vous fichez de moi, c'est de la provocation.

Rire général en face, dans tous ces visages aux mèches agitées par le vent.

— Mais non, reprit doucement le chef du groupe. On veut seulement le lièvre, tu n'as pas compris ?

Ange se redressa :

— Il est chez moi ! Il a cherché refuge chez moi ! Il m'appartient !

Le mistral, autour d'eux, eut tout le temps de soulever de nouveaux tourbillons de terre, d'agiter encore plus la lavande, le romarin et les touffes d'arbousiers dans la nuit qui descendait à toute vitesse au fond de l'ubac de Valbelle.

— Le lièvre est à moi, reprit Ange, buté. Tirez-vous.

En face de lui, la silhouette puissante et tranquille prit le temps d'une longue inspiration. C'était fou comme, au-dessus d'eux, les fayards du versant nord de la montagne de Lure valsaient de toute la puissance de leurs racines, via les troncs balancés. Secouant leur frondaisons puissantes d'arbres aux feuilles rougies et jaunies par l'approche de l'hiver ! Ça sentait la mort, soudain, près de ce jas perdu autour duquel il n'y avait aucun témoin. Là haut, au sommet de Lure, un relais de télévision et de satellites était branché sur un univers sidéral incroyablement incongru dans ce monde sauvage de fin de nuit d'ubac où il n'aurait pas été surprenant de voir surgir la horde de loups du siècle passé.

— Le lièvre est à moi, insista Ange, en se penchant de la main vers l'animal terrorisé qui enfouit son museau dans sa paume, et le lécha. Subitement apprivoisé par la situation de terreur où il se trouvait. Exactement comme Mireille, dans la nuit suivant le marché de Sisteron, lui avait léché la même main, animal soudain domestiqué.

Il y eut un silence en face. Très long, d'autant plus long que le mistral s'amplifiait, tordant au-dessus d'eux, dans la nuit venue, et qui sentait le champignon, la sève lourde des arbres, l'humidité pesante des ubacs, la cime des fayards avec une force à en décrocher les racines.

Ils étaient tous, les arrivants et Ange face à eux, sur un petit plateau d'herbe rase à côté d'un jas à demi en ruine.

Le jas d'Ange. Le jas du clochard de Valbelle. Le vieux arrivé ici voici vingt ans et qui survivait Dieu seul savait comment...

— Ange, reprit celui qui était le chef des arrivants, sois raisonnable, on ne te demande rien d'autre que le lièvre. Laisse-nous le tirer, ce sont les lois de la chasse.

— Quelles lois ! hurla le vieux solitaire du plateau de Valbelle. Il s'est réfugié chez moi, il m'appartient. A moi !

En face de lui, on se fit conciliant.

— Ange, tu n'es pas bête, tu sais très bien qu'une loi régit la chasse. La loi Verdeille. Il y a vingt ans qu'elle fait obligation aux propriétaires de terrains ou de bois d'en laisser libre accès aux chasseurs afin de leur permettre de tuer le gibier, le lièvre, c'est notre gibier, pas le tien.

Ange se redressa, vibrant.

— Arrêtons de biaiser, fit-il, vous venez pour une tout autre raison, le lièvre n'est qu'un prétexte.

— Et alors, fit son interlocuteur, la loi est pour nous qu'importe le reste ? On veut le lièvre, tu vas t'écarter, à la fin ?...

Il rit :

— On peut mal viser, tu vas prendre des plombs dans la cafetière...

— Salaud ! fit Ange entre ses dents, tu n'es qu'un salaud, et tes copains aussi ! Et tu sais ce que je veux dire.

Le mistral, dans son infinie sagesse ancestrale, se moquait bien des exaspérations provoquées par lui-même dans l'inconscient collectif des hommes.

Il fut le seul, sur le plateau de Valbelle, à ne pas s'étonner du double coup de feu. Le premier pour Ange, le second pour le lièvre.

Puis la nature, après quelque remue-ménage, reprit le dessus. Le froid descendit tout à fait sur l'ubac du versant nord de la montagne de Lure. Le lièvre fut enfourné dans une gibecière, encore chaud et palpitant. Des chiens aboyaient, pas seulement les chiens de la meute de chasse. D'autres chiens aussi, des chiens de ces troupeaux errants, gardiens de moutons et de chèvres, qui hantent les versants des montagnes sauvages de l'arrière-pays de Haute-Provence. Ils s'approchèrent, appâtés par l'odeur du sang tout frais mêlée à celle de la poudre. Quelle légalité aurait-elle pu être le témoin de ce qui se passa ensuite ? Sous les pylônes disposés au sommet des montagnes françaises, quel organisme de contrôle a-t-il été prévu pour dénoncer les crimes des zones ignorées du territoire national ?

Ange, le clochard de l'univers à lavande et à champignons du versant nord de la montagne de Lure, disparut dans la pente, vite fait bien fait, dans les aboiements inutilement protestataires de quelques chiens bergers rameutés par l'affaire.

Puis les chasseurs devenus assassins entrèrent tous dans le jas, histoire de savoir s'il n'y avait rien à boire dedans.

Tout ce que voyait Mireille, de dessous le lit où elle s'était glissée comme une vipère effarée, c'étaient les pieds. Une bonne dizaine de paire de pieds d'êtres de cette race abhorrée par les femmes : les chasseurs. Les éternels porteurs de guêtres compliquées, lacées comme des complexes qu'on n'arrive pas à dominer. Les hommes... La race effrayante des hommes déchaînés par l'ouverture de la chasse !

Dans la pièce, cela avait été une subite intrusion d'odeurs que jamais Ange n'avait eues. L'odeur de cuir des gibecières, celle des bottes, caoutchoutées ou de cuir, ou celle, plus subtile, des chaussures de chasse plus « mode », plus snob. Mireille ne voyait que ça, d'où elle était : des pieds chaussés de chaussures snob. Et tout à côté, pendant à la main de leur propriétaire, un double canon de fusil de chasse encore fumant : le tueur d'Ange, c'était lui !...

Elle eut le temps d'entendre les bruits des verres qui se remplissent, puis des déglutissements et le bruit des « Remettez-moi ça ». On devait vider toute la réserve à alcool d'Ange. Et elle ne pouvait rien faire, collée au sol de terre battue sous le lit de celui qui lui faisait si bien l'amour une demi-heure encore auparavant, et qui était mort, désormais !

Les vitres continuaient à battre sous le mistral qui redoublait de force. Les courants d'air gelaient les fesses nues de Mireille dans sa cache sous le lit. Elle avait envie de pleurer. Son amant était mort, tué par ceux qui rigolaient en buvant ses alcools... Et elle ne pouvait rien dire ! Ils l'auraient tuée elle aussi s'ils s'étaient aperçus de sa présence !

— Bon, conclut celui dont la voix était celle du chef. Il était seul. Très bien.

— Il rit :

— Où est le corps ?

On le renseigna avec des intonations molles.

— Ah ! il y a un troupeau ! Comment sont les chiens...

Encore un rire, qui tarauda le cœur de Mireille sous le lit.

— Attachez-le, reprit la voix. Merveilleuse idée. Ça va nous dédouaner du problème du droit de suite, rapport à la chasse. C'est à la mode... Attachez-le, c'est vraiment une merveilleuse idée.

*
* *

Les chouettes chevèches hurlaient dans la nuit des Alpes de Haute-Provence à réveiller toutes les victimes des faits divers du passé. Abandonnant le jas de Valbelle, ses chèvres aux mamelles lourdes, ses grives prisonnières dans leurs cages et nommées « appelants », une fille rhabillée à la sauvette dans sa robe de coton, dévalait sous la lune à son deuxième quartier la route sinueuse, à moitié goudronnée, vers Noyers-sur-Jabron, vers sa petite chambre minable de la fabrique Auriol où demain matin il faudrait être fraîche et souriante en reprenant son travail.

Ce qui s'était passé, ce qu'elle avait vu, elle ne voulait pas savoir ! Ange était mort, et elle avait vu comment... Mort comme le lièvre... Pourquoi ? Ce n'était plus son affaire. D'accord, Ange était une merveille d'amant, mais Ange était mort ! Ça, elle le savait, elle avait vu ! Ils avaient été une dizaine à vouloir la mort d'Ange ! Une dizaine à avoir tué Ange ! Par miracle, ils ne l'avaient pas vue, elle, après, cachée sous le lit, cachée à vouloir entrer sous terre. Ils ne l'avaient pas vue ! Elle restait vivante ! Elle ne voulait plus qu'une seule chose : oublier !

Et qu'on l'oublie. Surtout, qu'on l'oublie...

CHAPITRE II

Boris Corentin fixa, l'air légèrement inquiet, Aimé Brichot, assis à côté de lui face au bureau du patron de la Brigade Mondaine, 36, quai des Orfèvres. L'inspecteur principal Aimé Brichot rendit son regard interrogateur à l'inspecteur divisionnaire Boris Corentin, sa flèche, autrement dit son chef d'équipe, et les deux regards disaient en silence la même chose : le Patron ne tourne plus rond !

Il y avait eu des prémices, à y bien réfléchir. D'abord, cette convocation à venir faite par téléphone au Bureau des Affaires Recommandées, d'une façon tout à fait inhabituelle. Généralement, c'était le secrétariat du Commissaire divisionnaire qui passait le message, ou l'un des adjoints du patron. Là, c'était Charlie Badolini lui-même qui avait appelé Corentin, et d'une drôle de façon.

« Boris ? Ici Charlie Badolini. Ecoutez-moi bien. D'abord, ne dites à personne que je vous ai appelé. A personne, vous entendez ! Sauf à Mémé. Il est à côté de vous ?... Ah, tant mieux. Alors venez tous les deux, tout de suite. »

Jamais Charlie Badolini n'avait appelé Corentin par son prénom dans le boulot, jamais et surtout, il n'avait appelé Aimé Brichot par son diminutif, Mémé, même le jour du baptême du fils de Brichot, dont il était le parrain ! Déjà, à soi tout seul, c'était intrigant, en plus de la façon de les convoquer.

Puis, quand ils étaient entrés dans le bureau Empire, il s'était produit autre chose d'inhabituel : le patron avait pressé la touche de son interphone :

— Faites comme si je n'étais pas là. Ne me passez aucune communication. Aucune, même si c'est le ministre de l'Intérieur !

Mais surtout, il y avait ce qui provoquait l'ahurissement de plus en plus inquiet de Boris et de Mémé.

La boîte à musique.

Une très vieille boîte à musique datant d'au moins cinquante ans, en métal cabossé avec ses clés de sol en « pointillé » dans la peinture écaillée. Autrefois, il y avait très longtemps, longtemps avant la guerre de 1940-45, des gosses avaient dû la jeter, la reprendre, l'abîmer, comme font tous les gosses. Même aux Puces, elle n'aurait pas valu cinq francs, et elle était là, posée sur le cuir fauve du Bureau Empire du Mobilier National. Et elle fonctionnait, avec sa clé vibrante que le patron venait de retourner à fond pour la troisième fois depuis l'arrivée de Boris et d'Aimé.

Ils se trouvaient au centre névralgique du réseau de police chargé de la plus ardue sans doute de toutes les charges de la police : la surveillance des mœurs, celle des déviations, des excès, du proxénétisme, de la drogue, cette plaie galopante comme un cancer généralisé. Ici même, depuis des années, ils avaient tous les trois résolu des affaires énormes, souvent au niveau international. Des vies s'étaient jouées avec leurs enquêtes, leurs briefings. D'abominables salopards étaient venus pleurer ici, tout avouer. Des réseaux monstrueux avaient été démantelés seulement parce que ces trois hommes avaient allié leurs talents pour lutter contre le vice.

Et aujourd'hui, par une petite matinée pluvieuse d'octobre, le commissaire divisionnaire Charlie Badolini écoutait, comme fasciné, mains collées sur le cuir de son bureau, les notes grêles, mécaniquement déroulées par un ressort qui hésitait parfois, de la vieille boîte à musique.

Ça, il était facile à mettre les paroles sur la musique ! L'une des plus vieilles chansons françaises. Un air qui faisait partie de l'inconscient collectif de la France.

A la claire fontaine,
m'en allant promener,
j'ai trouvé l'eau si belle
que je m'y suis baigné

Et le refrain, nostalgique, gai et poignant à la fois.

Il y a longtemps que je t'aime,
jamais je ne t'ou...

Le ressort était vraiment très usé, très vieux, il hoqueta, et finit par lâcher, au ralenti les dernières notes.

t'ou... blierai... rai.

Long silence pesant. Un ange passa, voilé de gêne, ramant mollement dans l'air comme un message annonciateur des infirmiers d'un hôpital psychiatrique préparant leur entrée en force derrière la porte, et encore empêtrés à déployer leur camisole de force pour la jeter sur le commissaire divisionnaire comme on jette un filet sur un singe dangereux.

— Patron ?... murmura Boris d'une voix hésitante.

Charlie Badolini fixait toujours la boîte à musique dont le ressort avait fini par se détendre tout à fait, stoppant les derniers cliquetis de la clé.

— Patron...

Charlie Badolini agita la main droite sans relever la tête.

— Excusez-moi, messieurs, fit-il d'une voix sourde. Je sais, vous devez me croire devenu subitement fou...

Il releva enfin la tête et les regarda tour à tour pour la première fois depuis leur arrivée.

— En fait, reprit-il sans que ses yeux roulent le moins du monde, ce qui chez lui, était inquiétant, c'est peut-être vrai.

Il eut un petit sourire triste comme un sourire d'enfant.

— Cette nuit, dit-il, j'ai fouillé dans mes placards, et j'ai retrouvé cette boîte à musique dans un carton où j'ai rangé ces bricoles d'enfance qu'on garde. Nos madeleines de Proust à tous... Moi, c'est ça, ma madeleine, le souvenir du temps où j'étais heureux, à Nice.

Il marqua un temps d'arrêt.

— Avec mon frère, reprit-il dans un effort qui paraissait surhumain.

— Votre frère? balbutia Aimé Brichot dont les lunettes Amor de myope moyen tombaient de saisissement sur son nez. Vous ne nous avez jamais dit que vous aviez un frère!

Charlie Badolini le fixa.

— Et pourtant si... J'avais un frère. Un frère aîné. Ah, il n'était pas comme moi! Il était grand et fort. Vous savez, ces Corses blonds aux yeux bleus... Le souvenir dans le sang de la race des invasions vikings d'autrefois. Il y en a dans toutes les familles Corses. Je l'admirais. Il était déjà chef de bande au petit lycée (1). C'est lui qui m'a offert cette boîte à musique, un jour. Il avait neuf ans, j'en avais six. Mon premier cadeau... Bien sûr, il l'avait volée, cette boîte. Mais qu'est-ce que ça me faisait, à moi? Mon frère aîné avait volé pour me faire un cadeau. Quelle preuve d'affection!

Il caressa le couvercle de son index nicotinisé.

(1) Nom donné autrefois aux établissements scolaires d'avant l'entrée en sixième.

— Il a continué à voler, après. Il a été en maison de redressement. Puis en centrale, après la guerre, à l'époque des gangs suivant la Libération. Il est sorti. Il a recommencé, et tout y est passé : le trafic des cigarettes, la drogue, le proxénétisme. Il n'a jamais tué personne, mais quand il a été libéré, pour bonne conduite, en 1961, il a été envoyé dans une de ces régions perdues de France où on envoie les interdits de séjour. A l'époque, ça s'appelait encore les Basses-Alpes. Aujourd'hui, ce sont les Alpes de Haute-Provence.

La voix se faisait de plus en plus sourde et Boris et Aimé, terrifiés, découvraient le secret de Charlie Badolini, leur chef, son douloureux secret.

— Je l'ai fait suivre de loin, vous pensez bien, par des amis dans le coin, et j'ai appris peu à peu ce qu'il était devenu. Une espèce de braconnier de la montagne de Lure, du versant nord de la montagne de Lure, une de ces zones de France encore à peu près aussi sauvages que les sierras les plus reculées du Mexique. Il s'était installé dans un jas, une sorte de bergerie. Avec un clapier, et son fusil. Je lui ai fait parvenir de l'argent plusieurs fois. J'ai essayé de le voir. Il a toujours refusé. Il n'a jamais touché ses mandats. Il ne m'a répondu qu'une seule fois.

La voix s'étranglait.

— Ça n'a pas été long, la réponse : « Va te faire f..., sale flic ! »

Le patron de la Brigade Mondaine se releva et saisit la boîte à musique, qu'il enfourna précipitamment dans un tiroir.

— Pardon, messieurs, de ces accès de sentimentalité. Mais j'ai mes raisons. Entre autres, celle de vous avoir demandé de venir.

Il se pencha et, stupéfaits, Boris et Aimé virent que des larmes perlaient aux paupières de Charlie Badolini !

— Nous sommes amis, fit-il. J'ai un service d'amis à vous demander.

Boris se pencha.

— Accordé d'avance, Patron. Ça va, croyez-nous, on a compris, vous n'avez parlé de votre frère qu'au passé. Il est mort, n'est-ce pas ?

Le patron de la Brigade Mondaine se détourna.

— Oui... Ange Badolini, mon aîné de trois ans, mon frère aîné qui a mal tourné et qui n'a pas cessé d'être une croix pour moi depuis toujours, vient de mourir. Assassiné.

Boris et Aimé étaient incapables de faire le moindre geste, comme tétanisés parce qu'ils entendaient.

— Il n'y a pas qu'en Corse, disait Charlie Badolini, que les moeurs peuvent être violentes. La Haute-Provence, c'est aussi un endroit où la nature humaine est dure, très dure. J'ai appris la nouvelle par le lieutenant de la gendarmerie de Forcalquier. Un Corse, évidemment, qui me tenait au courant depuis très longtemps de l'existence de mon frère. Voici ce qui s'est passé...

Il n'arrivait pas à parler. Il avait la glotte qui montait et qui descendait, comme quand on ne réussit plus à rester maître de ses sentiments.

— Le versant nord de la montagne de Lure, articula-t-il enfin, est très à pic. Ça donne sur une vallée où le soleil ne brille que quelques petites heures par jour, l'hiver. La vallée du Jabron. A l'est, Sisteron, à l'ouest, un col qui réunit deux montagnes, Lure et le Ventoux. C'est une zone ultra-perdue. Au siècle dernier, on y mettait des léproseries. Le col s'appelle le col de la Croix de l'Homme Mort. C'est là que des bergers ont retrouvé Ange, avant-hier à l'aube.

Il alluma nerveusement une Celtique maïs.

— Excusez-moi, j'ai besoin de fumer... Il y avait du mistral et il avait gelé la nuit. Ce qu'ont vu les bergers du troupeau de brebis de Durand, de Saumane, ce sont deux chiens. Deux gros chiens bergers jaunes de haute montagne. Ils s'avançaient dans les caillôutis avec, chacun, le collier de cuir tiré en arrière par quelque chose de très lourd attaché par une corde à chacun des colliers. Mon frère, tout nu, le ventre dans le caillou. Attaché en croix par les poignets au collier de chacun des chiens... Crevé partout de décharges de plomb de chasse tirées à bout portant...

Charlie Badolini avala le quart de sa cigarette d'une seule bouffée.

— A juger par les plaies du ventre, de la poitrine et des cuisses et du visage... du visage... les chiens, m'a-t-on dit, ont dû traîner Ange dans les cailloux pendant deux jours complets au moins.

— Patron, fit lentement Boris, on a compris. Vous avez besoin d'aide. On est de la famille tous les deux aussi. On va tirer ça au clair. (Il soupira.) Oh, je sais ce que vous allez me dire, ce n'est pas facile. D'autres services de police sont sur le coup, outre la gendarmerie locale, mais si j'ai bien compris, vous avez déjà réussi à éviter que les journaux s'emparent de l'affaire, ce qui n'a pas dû être facile, étant donné l'affaire des chiens...

Ils imaginèrent un instant, tous les trois, les successions de titres possibles dans les journaux : un repris de justice corse, frère aîné du patron de la Brigade Mondaine, retrouvé, troué de plomb, tout nu et tiré par des chiens bergers auxquels on a attaché son corps en croix, à plat ventre, dans une montagne perdue...

— Le dirlo (1) sait, n'est-ce pas ? reprit Boris.

— Evidemment, toute la direction de la PJ savait mon secret depuis toujours. Tous les ministres successifs de l'Intérieur. Sauf vous, pardonnez-moi, ce n'était vraiment pas la peine de vous troubler avec ça.

— On comprend, patron, on comprend, murmura Brichot. A votre place, on aurait fait pareil.

Il se leva.

(1) Le directeur de la police judiciaire.

— Maintenant tout est différent. On va aller là-bas, on va surveiller l'enquête, et c'est nous qui trouverons, croyez-moi, le ou les assassins de votre frère, et puis...

Il hésitait.

— Dites ? questionna nerveusement Charlie Badolini.

Aimé Brichot jeta un regard de biais à Boris.

— On fera aussi ce que vous n'osez pas nous demander. On étouffera l'affaire. Aucun journal n'en parlera.

Charlie Badolini hocha la tête.

— Mémé, fit-il, si on trouve les coupables, les journaux seront bien forcés d'en parler.

— OK ! Mais pourquoi voulez-vous qu'ils apprennent le rapport avec vous ? Badolini, après tout, c'est peut-être un nom corse très courant.

— Non, Mémé, il n'y a qu'une seule famille.

Brichot balaya l'air de la main.

— On trouvera le moyen, patron.

Il rit :

— Ce ne sera pas la première fois qu'on fera un miracle. Alors, si c'est pour la famille, pourquoi ne pas y parvenir comme les autres fois ?

Charlie Badolini retira sa main de la poignée de la porte de sortie vers où il les avait reconduits.

— Il faut tout de même que je vous dise encore une chose : c'était un chaud lapin, Ange. Un sacré tombeur...

Il eut un petit sourire triste.

— Au fond, je vous envoie peut-être sur une affaire très « Brigade Mondaine »...

— Pour ne pas changer, patron ! s'exclama affectueusement Boris.

Il observait la petite silhouette maigre et voûtée devant lui. Le patron paraissait avoir pris vingt ans de plus d'un coup.

— Vous y croyez vraiment, vous, à la thèse de la

gendarmerie de Forcalquier ? A savoir à un crime de chasseurs à qui Ange aurait cherché noise ?

— Je n'en sais rien, vraiment, tout est possible. Ange était si bizarre, tête brûlée, capable de coups de sang, mais quand même, l'attacher comme ça à des chiens... Ça cache autre chose...

Il vacillait subitement : il ne tenait plus sur ses jambes. Il fallut que Boris le récupère à bras-le-corps pour qu'il ne s'effondre pas.

— Boris, hoqueta Charlie Badolini dans l'épaule du policier athlétique qui représentait pour lui le fils qu'il n'aurait jamais, en Corse, au siècle dernier, quand on voyait arriver dans un village deux chiens bergers traînant un assassiné tout nu attaché, bras en croix, et sur le ventre, à leurs colliers, ça signifiait une chose : l'assassiné était quelqu'un de liquidé parce qu'il allait trahir un secret.

Allongé sur le canapé de velours beige en face de son bureau, juste à côté de l'armoire-coffre à « blancs » (1), Charlie Badolini reprenait peu à peu des couleurs sous les tapes admnistrées par Aimé Brichot. Un comble ! Un inspecteur qui giflait son supérieur hiérarchique direct ! L'homme dont dépendait son avancement, son augmentation de traitement, tout son avenir professionnel ! A côté de lui, Boris obligeait Charlie Badolini à vider le petit verre de cognac dont il avait trouvé la bouteille dans le frigo personnel de Bata.

— Ah, merci, murmurait le patron de la Brigade Mondaine, merci, les amis. Merci.

Il se releva sur les coudes.

— Restez encore un instant, fit-il, le temps que je reprenne figure humaine.

(1) Rapports secrets. Dits « blancs » par référence à une page blanche sur laquelle rien ne serait inscrit.

Déjà, il reboutonnait son col de chemise, renouait sa cravate.

— C'est fini, je vous assure. Excusez-moi.

Il se rassit, et roula des yeux comme au bon vieux temps de sa puissance, signe qu'il avait réellement repris le contrôle de lui-même.

— Si je ne vous avais pas, tous les deux... fit-il.

Boris sourit.

— Vous nous avez, patron, c'est l'essentiel.

Il se pencha.

— Ça va vraiment mieux ?.

— Oui, fit Charlie Badolini en se levant sur ses chaussures à talonnettes compensées, la crise est passée. Pardonnez-moi d'avoir flanché.

Ils hochèrent la tête de conserve.

— On ne le dira à personne, patron, juré craché.

CHAPITRE III

Mme Bouscarle agita sa cuiller de bois au-dessus de la poêle où mijotaient toute une masse de tranches épaisses de pinins, ces champignons aux allures de girolles géantes, mais à la chair si rouge qu'on les appelle aussi des « sanguins ». Les champignons d'octobre, à Lure, et que son mari, chômeur depuis les récentes compressions de personnel à l'usine d'aluminium de Saint-Auban, à côté de Château-Arnoux, était allé cueillir la veille. Sur la paillasse de l'évier, près du feu, il y avait, hachée menue, et prête à être jetée dans la poêle le moment venu, la dose exacte d'ail destinée à relever le goût des pinins.

— Arrête de me faire languir, Marceau, fit-elle avec cet accent de Haute-Provence, hyper chantant et très « soft » à la fois qui n'a rien à voir avec l'accentuation très appuyée des gens de Marseille ou même de Toulon (ce qui n'est déjà pas pareil), tu as la tête de quelqu'un qui tournicote un secret.

Marceau Bouscarle, jardinier de son état (« jardinier-paysagiste », au temps où il était encore employé à Saint-Auban) reposa son anisette sur la table basse à piètement façon pattes de sanglier stylisées dans le laiton. Une œuvre personnelle dont le bricoleur né qu'il était se rengorgeait face aux copains.

— Mathilde, fit-il doucement, il y a vingt ans que tu me broies les méninges avec ton septième sens.

Elle rit :

— Ça n'est que le sixième, tu sais, analphabète !

Il daigna rire.

— Finette, va, tu as raison. J'ai appris des choses, hier, dans la montagne.

Il eut subitement les sourcils qui se fronçaient pathétiquement.

— Ah ! nota paisiblement Mathilde, nuque tournée vers lui, Mireille et dans dans un beau sac de nœud.

— Eh oui, avoua-t-il. Dans un sac gros comme ça !

Il agitait les bras pour prendre la mesure de tout le living de leur F 4, dans la HLM à côté de la gare de Sisteron.

— Ça s'est passé à la Croix de l'Homme Mort... commença-t-il.

Mathilde Bouscarde secouait son mari par les épaules comme on secoue un amandier pour en faire tomber les fruits à l'époque de la récolte.

— Qu'est-ce qu'on va faire, pauvres de nous ? pleurnichait-elle.

Marceau Bouscarde haussa les épaules.

— Pour le moment, dit-il, retourne surveiller les pinins. Ça m'empêche de réfléchir, une assiette où il n'y a dedans que du brûlé.

Elle fonça vers sa poêle, juste à temps pour « sauver les meubles ». La cuiller en bois s'agita dans la Tefal.

— Je l'ai chassée, d'accord, c'est de ma faute, mais c'est ma petite, notre petite, tu comprends !

Marceau acheva de terminer son verre d'anisette.

— Allez viens, la Mathilde, les champignons sont prêts, mets y l'ail. Viens, sers nous, je ne peux pas réfléchir le ventre creux.

Elle obéit, comme matée, secoua la poêle, et se mit à

servir. Qu'est-ce que ça sentait bon ! Elle s'attabla face à Marceau et glissa sa serviette à petits carreaux dans son corsage.

— Alors ? fit-elle avidement en avalant sa première dose de sanguins à l'ail.

*
* *

Marceau prit le temps de nettoyer son assiette avec son pain.

— C'était très bon, apprécia-t-il avec un coup de langue contre le palais, peut-être un tout petit peu juste en quantité.

— Tu n'avais qu'à en ramener plus, hein ? fit-elle. Arrête de me faire cuire à petit feu. Alors ?

Il prit le temps de se servir un plein verre de rouge de la coopérative de Malijai, puis il servit Mathilde.

— Alors, je suis allé à Noyers. Et j'ai vu Mireille.

Il se pencha, coudes enfoncés dans le formica de la table.

— Ça parle, les gosses, tu sais, quand c'est dans le malheur. En cinq minutes, elle m'a tout raconté. Une chance, elle était seule dans le secrétariat.

— Dis-moi ! Dis ! criait presque Mathilde en se tordant les mains.

Marceau la fixa, soudain changé.

— Ma Mathilde, Mireille était avec le vieux Corse, dans ses bras, quand les autres sont arrivés. Il est sorti. Ils ont parlé, et ils l'ont tué. Puis ils sont entrés dans le jas, Mireille était sous le lit, ils ne l'ont pas vue. Sûr qu'ils l'auraient tuée aussi s'ils l'avaient vue ! Ils se sont en allés. Elle, elle a juste vu les chaussures, rien d'autre.

Mathilde hoquetait.

— Elle les a vus l'attacher aux chiens ?

— Non. Ça a dû se passer après. Elle s'était déjà enfuie. Elle n'a rien vu de ça. En fait, elle ne sait rien.

Mathilde lui prit la main.

— Elle est où ? Je veux savoir où elle est ?

Marceau hocha la tête.

— Mathilde, on a beaucoup de malheur en ce moment. Alors, un malheur de plus ou de moins... Mireille est au café en bas, laisse-moi aller la chercher, elle demande la permission de revenir à la maison.

*
* *

La gendarmerie de Saint-Etienne-les-Orgues, sur le versant sud de la montagne de Lure, était, à la sortie du village, sur la route de Cruis l'exemple type de ces gendarmeries modernes, mathématiques, austères, fonctionnelles et bétonnées où il est impossible que puisse se vérifier, à l'aube du XXIe siècle, le vieux dicton qui assure que « quand un gendarme rit dans la gendarmerie, tous les gendarmes rient dans la gendarmerie ». Bref, c'était « fonctionnel », donc sinistre. Pour seule preuve : le distributeur à café et autres boissons sans alcool du palier. Une machine à vous donner une furieuse envie d'avaler coup sur coup trois mirabelles cul sec.

Le brigadier face à Boris et Aimé, derrière son bureau « charmant » comme une planche à découper les rats, esquissa un petit sourire.

— Alors, les Parisiens, fit-il, on vient explorer la France profonde ?

Il avait un accent corse impossible à imiter, tellement il était parfait. Ça devait venir de Calenzara ou du coin, jugeait Corentin, qui avait de l'oreille, et des fréquentations corses. En tout cas, le brigadier était de là-bas. Aucun doute là-dessus. Il s'appelait Pascal Gionnino, et finalement, il ne détonnait pas tant que ça dans le paysage qu'offrait la grande baie vitrée derrière lui. Une vallée sauvage, avec des collines et des montagnes, des zones désertes et des zones boisées, et d'autres qui ressemblaient à s'y méprendre à du maquis. Bien sûr, ce n'était pas tout à fait la Corse, et par certains endroits, ça faisait penser à la Toscane, mais tout de même, l'essentiel y était ; la lumière violente du ciel d'octobre, lavé après le mistral calmé, et surtout, cette fabuleuse impression d'être regardés de derrière toutes les fenêtres quand ils étaient arrivés avec leur voiture de location, venus de l'aéroport de Marignane, sur la place du Château, une grosse bâtisse lourde, noyée dans les autres constructions, et dont les terres avaient dû être rognées à la Révolution.

Le brigadier Pascal Gionnino offrit quelques cigarettes, sorties d'une boîte taillée dans le buis. Un cadeau d'un braconnier de Lure envers qui il avait eu des bontés, l'année passée, en échange de menus renseignements sur les tricheurs à la société de chasse locale. Un de ses principaux problèmes dans cette commune où finalement rien ne se passait d'autre que les problèmes relatifs à la chasse. Sans doute, il y avait de plus en plus de résidences secondaires de Marseillais et l'hiver, la station de ski — sujette aux caprices de l'enneigement, pas si évident que ça dans les Alpes du Sud — provoquait l'afflux classique de gens incontrôlables, mais jusqu'ici pas de problème. La chasse, c'était autre chose. La Montagne de Lure est, dans notre France dévorée par l'urbanisation, un des rares derniers lieux sauvages à peu près préservés. Environ quarante kilomètres d'est en ouest, sur quinze ou vingt du nord au sud. Sans compter la vallée du Jabron, sur le versant nord, qui double au moins la surface de la zone. Or, on repeuplait. Tentatives de cerfs et de biches, loupées jusqu'ici présent. Sangliers, et là, ça marchait. Perdreaux, lièvres. Ça marchait aussi. Lure redevenait un paradis de chasse. A réglementer furieusement ! Parce que ça attire les voyous du fusil, du territoire où il y a du gibier ! Des gens qui ne veulent pas respecter les dates d'ouvertures, les quotas d'abattage, toutes ces contraintes imposées dans l'intérêt général ! Et puis, il y avait l'éternel problème administratif. La Montagne de Lure, c'est un tout, géographiquement, une masse immense en pente douce vers le sud, en pente raide vers le nord, mais un tout ! Or, la face nord, c'était une autre administration. Un autre canton, d'autres cantons, d'autres gendarmes obéissant à d'autres centraux. Un autre département, juste au nord de Noyers-sur-Jabron.

— Qu'est-ce que vous voulez que je vous dise ? fit Pascal Gionnino. Ange Badolini ne vivait même pas sur un territoire relevant de ma compétence...

Boris se pencha.

— C'est tout de même vous que...

Il hésitait.

— ... que notre ami contactait, une fois par mois par téléphone, pour se tenir au courant de son frère.

— Oui, c'est vrai, mais, vous comprenez, je faisais la surveillance par amitié.

Boris approuva.

— Je comprends, la famille corse.

— Oui.

Aimé Brichot toussota.

— Le corps d'Ange est tout de même à la morgue de Forcalquier. Pas à celle de Sisteron.

— C'est moi qui l'a fait envoyer là-bas, se rétracta Pascal Gionnino. Vous n'allez pas me le reprocher.

L'ange de la susceptibilité corse, un ange qui portait le même nom que le mort dont tout était question ici, passa lourdement dans le bureau spacieux du brigadier Gionnino, bureau illuminé par le merveilleux soleil bas d'octobre en Haute-Provence. Contre le mur de gauche un radiateur tintait à force d'être surchauffé. Mystères de l'Administration... Dehors, il devait faire vingt-cinq degrés au soleil, le mistral était tombé... Mais sans doute l'Administration avait-elle donné des ordres pour le chauffage. A mettre en route au 15 octobre, même si les citrouilles suintent dans les jardins. Paye, contribuable, paye ! Et tais-toi quand tu transpires dans les bureaux fonctionnaires où une mauvaise combine administrative t'oblige à aller poireauter pendant des heures en te demandant, le cœur cognant, à quelle sauce vont te manger ceux que tu payes pour te servir.

Dehors, cinq pétarades explosèrent. En habitué des armes, Boris et Aimé reconnurent le bruit du 357 Magnum.

— C'est notre tireur d'élite qui s'exerce, expliqua le brigadier. Une fois par mois. Vous êtes tombés le jour de l'exercice.

Boris tendit l'oreille.

— Il a tiré cinq fois. Il ne tire plus ?

— Cinq balles par mois, pas plus, c'est la nouvelle allocation de crédits.

— Mais, éclata de rire Aimé Brichot, il y a six logements dans un barillet !

— Cinq balles, pas plus, ce sont les crédits, reprit Pascal Gionnino.

— OK, OK.

Aimé Brichot se gratta la gorge.

— Bon, on a peu tourné autour du pot et, au passage, on vous remercie de la part du patron de votre collaboration pour le silence, côté presse. Maintenant, qu'est-ce qu'on peut faire ?

Le gendarme corse se rejeta en arrière dans le dossier de son fauteuil tournant.

— C'est à moi que vous demandez ça ? A moi ?

Il riait à se faire sauter tous les boutons de sa vareuse.

— Mais je n'en sais rien, bon Dieu ! Qu'est-ce que vous voulez que je fasse ?

Il se leva et alla marteler du poing une carte sur le mur à sa droite. Une carte d'état-major. Toute la montagne de Lure, si grande qu'il avait fallu accoler plusieurs cartes pour l'avoir tout entière sous l'œil.

— En Martinique, reprit-il, où j'ai passé quinze ans de ma vie, le territoire était à peine plus grand que celui-ci. OK, il y avait infiniment plus de population, mais pour la superficie, ça n'était guère qu'un tiers de plus. Alors, vous voyez le topo ! Ange a été tué. Puis attaché à des chiens, qui l'ont traîné jusqu'au col de la Croix de l'Homme Mort, là, au-dessus de Banon. Où a-t-il été tué ? Dans son jas ? Qui le sait ? Personne.

C'est un désert, la montagne de Lure ! Un désert ! Seul le gibier est roi. Et les moutons, et les chiens de bergers qui sont seuls dans la montagne avec leurs troupeaux. Qui veut faire le berger aujourd'hui ?

Il revint vers son fauteuil et s'y laissa aller.

— Tiens, je vais vous dire une bonne chose. Au siècle dernier, il y avait encore des loups ici. C'est dans la mémoire collective de la population. Eh bien, je vais vous dire : si j'apprenais que les loups sont revenus dans la montagne de Lure, je ne serais pas surpris.

Il agita un index gros et gras comme un saucisson.

— D'accord, les Marseillais ont construit un peu partout des résidences secondaires. Tu parles... Des cabanons dont on ne voudrait pas pour cabine de bains à Calenzara (tiens, il était donc bien de Calenzara), et l'hiver, on skie à Lure, quand la neige daigne venir au rendez-vous. Reste que les trois quarts de l'année, c'est le désert. Un régiment de Palestiniens s'y entraînerait qu'on n'en saurait rien.

« Alors, vous comprenez, savoir qui a tué Ange Badolini... Moi, je veux bien aider, je ne demande que ça. Charlie est un ami. Mais je vais vous parler sincèrement. C'est râpé d'avance. Râpé...

Boris Corentin s'était levé. Interminable silhouette musculeuse dont les épaules paraissaient vouloir crever aux épaules le cuir de son blouson. Il paraissait ne s'intéresser qu'au paysage derrière la vitre. Exactement comme il le faisait, dans le bureau de Charlie Badolini, au deuxième étage du 36 quai des Orfèvres, à Paris, les jours de grande discussion professionnelle. Seulement, là-bas, à Paris, le paysage s'arrêtait net au-delà d'un fleuve à péniches appelé Seine, par des immeubles. Une place, une fontaine, la fontaine Saint-Michel et puis rien d'autre... Ici, la vue portait à des kilomètres... Le Midi secret de la Haute-Provence. Le moutonnement des collines vertes et fauves. Les montagnes derrière, où on devait pouvoir vivre des siècles sans que personne ne vienne vous demander des comptes. Comme avait vécu Ange Badolini, un peu plus au nord, dans une zone plus sauvage encore. Ange, le voyou de la famille Badolini, dont jamais personne n'aurait entendu parler si...

Si quoi ?...

Là était toute la question, et elle devenait bigrement très compliquée pour Boris depuis qu'il était arrivé ici, dans le haut-pays où visiblement régnaient des lois venues du fond du passé, des lois qui n'avaient rien à voir avec celles d'aujourd'hui.

— Ange ne relevait pas de votre territoire, administrativement, j'entends bien. Mais, est-ce que vous le voyiez quand même de temps à autre ?

Il avait posé la question sans se retourner.

— Oui. Il savait que j'étais l'œil de son frère, votre patron... Ça l'amusait. Il venait régulièrement aux renseignements, et toujours avec un cadeau. Un lièvre, une bécasse, des trucs de ce genre. Il venait à pied depuis Valbelle par le Pas de la Graille. C'est un col, à l'est du sommet de Lure. Il arrivait toujours vers 11 heures du matin, ce qui veut dire qu'il avait dormi en route dans la montagne. Ou alors qu'il avait marché toute la nuit, ce dont il était capable, le vieux, je n'ai jamais su.

Une phrase du frère, resté à Paris, une phrase de Charlie Badolini trottait dans la tête de Boris.

— Il venait l'été ici ?

— Oui, aussi, qu'est-ce que vous voulez dire ?

— Que l'été, il ne pouvait pas vous apporter un cadeau-gibier. La chasse n'est pas ouverte, l'été.

— Ça c'est vrai, il faisait gaffe à ces détails, encore

que... Au 15 août dernier, il m'a apporté un lièvre. De braconnage, évidemment.

— Pourquoi ? Qu'est-ce qu'il avait à vous demander ?

Pascal Gionnino se leva.

— Figurez-vous que je me suis posé la question. Eh bien, ma réponse est : rien. Il n'avait rien à me demander.

Boris alluma une Gallia.

— C'était le 15 août, avez-vous dit ? Excusez-moi, mais avant de venir ici, j'ai potassé quelques bouquins touristiques sur la région. La fête du 15 août, c'est ancestral, à Saint-Etienne-les-Orgues. Il n'y a pas si longtemps, on montait à pied au pèlerinage de la chapelle de Lure. De toute façon, reste la fête du 15 août au village.

Il se pencha.

— Vous suivez mon regard ? La mi-août, les vacances. Il y a du monde à Saint-Etienne-les-Orgues à la mi-août, et beaucoup de jolies filles... Je le sais : Ange était un chaud lapin.

Il se pencha encore un peu plus.

— Pascal, permettez-moi de vous appeler par votre prénom, j'y ai droit. Charlie, Aimé et moi, on forme une famille, même si elle n'est pas tout à fait corse. On est venus pour Charlie, vous comprenez ? Alors, pourquoi Ange, au 15 août dernier, est-il venu vous offrir un lièvre de braconnage ? Et pourquoi l'avez-vous accepté ?

Le brigadier corse se rétracta.

— Primo, je l'ai accepté parce que Ange était le frère de Charlie. Deuxio, toujours parce qu'Ange était le frère de Charlie, parce qu'il avait besoin de moi.

Boris jeta un coup d'œil de biais à Aimé.

— Attention, Pascal, reprit-il. On ne veut pas vous tendre un piège. On ne veut en rien interférer dans l'enquête sur la mort d'Ange. On veut collaborer, obligado ! Je le répète encore une fois : on n'est venus vous trouver que pour une seule raison : Charlie Badolini, notre patron, est votre ami. Un ami à qui vous avez rendu le service, depuis des années, de le renseigner sur ce que faisait son frère, discrètement, ce qui est tout à votre honneur.

« Aujourd'hui, nous sommes les envoyés de Charlie Badolini, parce que vous comprenez bien qu'il ne peut pas venir lui-même. Alors, il faut nous parler comme si vous parliez à lui, et vous ne pouvez pas ne pas nous faire confiance. Il vous a téléphoné, Charlie. Il vous a dit, je le sais : " Boris et Aimé, c'est la famille, c'est comme si c'était moi ! "

« Allons, Pascal, dites-moi ce que vous avez peur de nous dire ! Dites-le !

Le gendarme corse « exilé » en Haute-Provence fixa longuement l'immense flic breton.

— Si vous me prenez par les sentiments... fit-il.

Il sourit.

— Je vais vous parler comme je parlerais à Charlie, comme je lui ai parlé la dernière fois qu'il est venu ici.

— La dernière fois ? tiqua Boris. Quand ?

— L'année passée. Il venait tous les ans, vous savez. Il s'occupait plus de son frère qu'on ne peut croire.

Le secret de Charlie Badolini repassait comme un fantôme humain...

— Alors ? insista Boris, ce 15 août dernier ? Qu'est-ce qui est arrivé ?

Pascal Gionnino regarda ailleurs.

— J'ai dans mon tiroir toute une série de chèques de Charlie à Ange, et qu'Ange n'a jamais voulu toucher, sauf le 15 août dernier. Il est venu me trouver avec son lièvre à la main et il m'a dit :

« Tu as de l'argent de Charlie, je le sais. Toujours des chèques de deux mille francs. Donne-moi l'équivalent et encaisse le chèque demain à l'ouverture. Il a ri : C'est pour une jeunesse, tu peux comprendre ? j'ai besoin d'une chambre à l'*Hôtel de Lure*, et tout ce qui va avec, la fête, le restaurant.

« Puis il a ajouté, en partant avec le liquide que je lui ai donné :

« Dis merci à Charlie de ma part. Finalement, c'est un bon gars. »

Boris écrasa sa Gallia.

— Je suppose que, le soir, vous êtes allé à la fête du village ne serait-ce que pour voir avec qui Ange s'amusait.

— Bien sûr. Ça, elle était mignonne ! Toute brune, avec des yeux de châtaigne brûlante, et un corps à damner tous les saints dans son jeans collant et son tee-shirt sous lequel on n'aurait pas glissé une feuille de papier à cigarette.

Aimé Brichot toussota.

— Son nom ?

— Mireille. Mireille Bouscarle, native de Sisteron. Elle travaille à Noyers-sur-Jabron dans une fabrique de tuiles. Elle a dix-sept ans.

— Merci Pascal, murmura Boris. On commence à y voir un peu plus clair. Encore une question, maintenant : combien de temps a-t-il fallu à Ange pour dépenser les deux mille francs de son frère ?

Au passage il en voulait un peu à Charlie Badolini. Pourquoi ne lui avait-il pas dit que son frère avait touché à l'argent pour la première fois ? A moins que la lenteur des relevés de banque... Il faudrait voir ça au retour.

— Oh, juste la nuit ! s'exclama le brigadier corse. Juste la nuit ! Et encore, le lendemain j'ai dû rallonger cent cinquante francs au patron de l'*Hôtel de Lure*. A cause du champagne. Déchaîné qu'il était, Ange ! A deux heures du matin, il a offert à boire à tous ceux qui avaient la gorge sèche.

— Et après ?

— Eh bien, ça a fait un sacré raffut dans sa chambre. A faire éclater les cloisons.

Pascal Gionnino se pencha :

— Ange avait autrefois la réputation d'être un sacré chaud lapin à Calenzara, vous savez. Il n'avait pas perdu la main.

— Je sais, je sais, fit Boris, vaguement gêné.

Il se redressa :

— Je veux voir la fille, cette Mireille.

Le gendarme corse hocha la tête.

— Comme vous y allez, vous autres, les Parisiens... Bon, là encore, je fais ça pour Charlie. J'ai mes tuyaux, elle est retournée au bercail. A Sisteron, et je sais où, exactement.

Boris se passa la main dans les cheveux.

— Finalement, c'est convenable l'*l'Hôtel de Lure ?*

— Surtout si vous venez de ma part.

Boris désigna le téléphone.

— Appelez le patron. On va loger chez lui, c'est encore ce que je trouve de mieux comme idée.

Il rit.

— Ça fait loin, en voiture, Sisteron ?

— Une petite heure, en savourant le paysage.

— OK, ce soir je vous invite à dîner avec nous à l'*Hôtel de Lure.* Tâchez donc, puisque vous allez téléphoner de toute façon pour nous réserver une chambre, de concocter un bon menu pour le dîner.

CHAPITRE IV

Maître Fouillerot, notaire à L... un gros bourg assez conséquent du côté de Digne, releva sur son ventre rondouillard son pantalon taillé par un bon faiseur de Manosque, le dénommé Durand, tout simplement. Qui se reboutonnait à côté de lui.

— Durand, grogna-t-il, tes boutons ne tiennent pas. Regarde, mais regarde !

Il exhibait, un peu cambré, l'objet de sa protestation. Un bouton dont les fils ne tenaient plus que par pure bonne volonté.

— Désolé, mon vieux, fit Durand. Ma couturière est trop vieille pour que je la punisse en te l'offrant.

L'épaisse silhouette courtaude de maître Fouillerot fut agitée de soubresauts gras.

— Tu es rien gonflé, toi, Durand ! A ta place, j'aurais professionnellement proposé de recoudre moi-même le bouton.

Le tailleur sourit.

— Toi, tu es toi, moi je suis moi. Change de tailleur.

— Ah, ça, tu es bien ! Où veux-tu que j'aille ? Tu es le seul dans le coin. Bien obligé de passer par toi.

Durand ricana.

— Habille-toi en confection, mon vieux. Ça te coûtera moins cher.

— Hé, les mecs ! hurla Fouillerot dans son dos. Vous

avez entendu ? Durand veut que je m'habille en confection ? A la limite de l'insulte, non ? Mais, il m'a vu, le Durand ? Il m'a vu ?

Il se déshabillait à toute vitesse, complètement, ôtant même jusqu'à ses chaussettes et ses chaussures. Pour apparaître finalement dans son état de nature. Facile à définir : maître Joseph Fouillerot, notaire de père en fils à L..., pas très loin de Sisteron, était ce que les encyclopédies au langage franc — ce qui se fait de plus en plus rare aujourd'hui — appellent carrément comme on appelle un chat un chat : un nabot. Une sorte de Toulouse-Lautrec de Haute-Provence, court sur pattes, sans épaules, avec un ventre imposant, et au milieu un sacré sexe, que le fait seul d'être dénudé faisait ressaillir.

Bon Dieu, qu'est-ce qu'ils avaient pourtant joué de leurs membres, tout au long de la soirée, dans le jas de Miravail, situé à cinq kilomètres nord-nord-est du col de la Croix de l'Homme Mort ! Et qu'est-ce que c'était merveilleux l'époque de la chasse ! Le prétexte à se tirer du domicile conjugal : « Chérie, je vais chasser à Lure. Ne m'en veuille pas, je ne rentrerai que demain... Non... pas de soucis à te faire pour les affaires. Ça aussi, c'est organisé... »

Et ils s'étaient tous évaporés du domicile conjugal comme des voleurs. Ah, la chasse, la passion de la chasse ! Le merveilleux prétexte pour le « dérapage » masculin ! Le plus utile de tous, finalement, mis à part ce petit génie de Fouillerot pour la résolution du problème de droit dans la constitution de la société, et le talent de Montbrun, le fabricant de pipes de Digne pour les problèmes d'intendance, c'était Pelisson. Officiellement, il était rentier à Forcalquier. Un rentier, entre parenthèses, vivant de placements boursiers astucieux, mais surtout, il n'avait pas son pareil pour lever du cheptel. Dame, on a du temps libre quand on est rentier ! C'était à lui, principalement, que la moitié de douzaine de soi-disant chasseurs ici présents devaient de disposer, dans la grande pièce centrale du jas de Miravail, d'autant de filles disponibles pour n'importe quoi. Une organisation parfaite. Fouillerot pour les statuts. Montbrun pour le caviar et le champagne. Et Pelisson pour les filles. Qu'est-ce que c'est utile d'être d'anciens copains de pensionnat à Aix-en-Provence !

Devant eux, Josyane, une petite blonde de Laragne levée en auto-stop par Melchior Roquette, horticulteur à Volx, un jour où il était allé commander avec sa BMW 323 I du compost à Gap, s'agitait ferme sur le tapis de poil de chèvre épais. Elle était nue comme à la seconde de sa naissance et paraissait s'en trouver très bien. Sûrement à cause de la chaleur du feu de bois de fayard derrière elle. Une énorme cheminée de pierres sèches. Des « lauzes », ces éclats de calcaire dus au gel de l'hiver dans la montagne de Lure et dont on faisait dans la région, autrefois, le matériau des toits. Sur le linteau de la cheminée, juste au-dessus d'une hure de sanglier magnifique, un poste radio Akaï avec ses deux enceintes grillagées de chaque côté du bloc à boutons de commandes hurlait une musique moulinette jusqu'à la caricature. Un mélange tonitruant de France Gall, de Michael Jackson et d'Eddie Mitchell. Un peu dur, côté oreille, pour les six vieux libidineux affalés dans leurs canapés de cuir de vache acheté l'année dernière à une vente publique à Aix, et assez défoncés. Mais ici, ça suffisait bien. C'était ce qu'il y avait de plus luxueux dans le décor du « relais de chasse ». Pour le reste, des meubles de bois blanc passé au brou de noix, une table de ferme en chêne où traînaient les reliefs du dîner : saucisson, pâtes, plats de choucroute refroidie, et beaucoup de bouteilles de vin toutes plus qu'aux trois quarts vides. La porte de la cuisine était ouverte et une ribambelle de chiens, tous jaunes et noirs, avec de grosses pattes pataudes, grognaient en chœur, oreilles traînant dans leurs assiettes de Canigou. Ça sentait le fauve, le cigare, le salpêtre. Le ménage n'avait jamais dû être fait ici depuis dix ans. Au mur, entre les deux fenêtres donnant sur Lure, il y avait, punaisées, toute une série de photos cochonnes. Des *Play-mates* et d'autres bien plus « directes », avec quelques cartes postales dont certaines d'avant-guerre. Sur l'une d'elles, on voyait une bourgeoise très 1930 renversée sur une voiture au capot gigantesque, une De Dion-Bouton. Elle avait relevé ses jupes et elle ouvrait ses fesses à deux mains, visage tourné vers l'objectif. Dans la « bulle » sortie de sa bouche salace, il était inscrit ces mots : *Montre que tu es un homme, tonton.* Juste au-dessous, l'étagère à alcool, croulant sous des bouteilles les plus diverses.

C'était le foutoir général, le désordre total, vestes et gibecières balancées partout, bouteilles vides dans les coins, sacs poubelle s'appesantissant à côté du frigo. Seule zone nette et bien rangée : celle des fusils et des munitions. Là, on se serait cru dans une caserne de paras. Impeccables, les râteliers ! Rangés comme pour la parade, les fusils de chasse, les calibres 16, les 12, les canons superposés, les shot-guns, et les boîtes à cartouches, toute la litanie du calibre, avec les chevrotines, les Breneckes et tout le reste. Ça, de ce côté-là, on ne plaisantait pas au club du jas de Miravail !

Josyane s'était mise à onduler, très écartée des cuisses. Agenouillée sur le tapis de haut poil, elle était toute maigre, la pauvrette, et ça provoquait un petit frisson, rien qu'à la regarder, avec ses os de hanches saillants, ses côtes dessinées, mais elle avait une double qualité mirifique, la blondinette de Gap : d'abord, elle avait entre les jambes une toison toute noire, bien épaisse, une vraie perruque afro, et puis surtout, dans la maigreur de ses dix-sept ans, elle avait eu la bonne idée hormonale de se fabriquer de beaux seins pointus, épais, lourds, avec des bouts en forme de doigt. Des seins en poire ! Cabrée, bras rejetés en arrière, elle n'arrêtait pas de les secouer comme des choses dont l'existence paraissait la surprendre elle-même quand elle enfonçait le menton dans sa gorge et observait tout le tremblotement double, mèche dans les yeux, bouche boudeuse, yeux ahuris !

Sur son canapé, maître Joseph Fouillerot avait commencé à porter carrément la main autour de cet objet programmé par les lois de la nature pour le phénomène de la procréation. Durand se tourna vers lui, son verre d'alcool à ras des lèvres.

— Calmos, Joseph, fit-il, calmos. Les putes d'Aix ne sont pas encore là, tu te fatigues pour rien.

Fouillerot haletait, langue sortie.

— Qu'est-ce que tu dis que c'est pour rien ? Non mais regarde-la ! Regarde la salope ! Elle fait exprès.

Avec un petit clin d'œil dans sa direction, Josyane avait entrepris de se caresser, toujours à genoux, toujours secouée à brusques cassures de reins dans le rythme de la musique. Sa main gauche fouillait des zones très intimes. Sa main droite allait d'un bout de sein à l'autre, et de temps en temps, elle écartait la main droite et jouait à faire avancer sa poitrine frémissante vers ladite main droite, qui se reculait, se reculait. Et la poitrine se cabrait encore plus pour aller chercher, jusqu'à ce que dans une torsion frénétique de tout le corps elle se renverse, épaules dans le tapis, seins caressés d'une main, ventre caressé de l'autre et hurle ! Hurle ! De toute la force de ses poumons de fille de dix-sept ans.

— M... grogna Fouillerot en sourdine, elle m'a eu.

Durand soupira.

— Je t'avais prévenu. Quand les filles d'Aix arriveront, tu seras encore à ramasser à la cuiller, comme l'autre jour.

Il contempla le corps tout nu du nabot.

— Sacré notaire, va... Si tu mènes tes affaires comme

tu mènes ton paluchage, tu mettras vite la clé sous la porte.

Bernard Martin, le gynéco d'Apt, se leva. Il se resservit un verre de cognac, puis, en revenant s'asseoir, il se pencha vers Josyane, qui haletait, bras et jambes en croix sur le tapis.

— Très bien, petite, tu as été parfaite, maintenant, va te refaire une beauté, remaquille-toi beaucoup, hein ! Et parfume-toi partout.

Il sourit.

— Ça veut dire : entre les fesses aussi.

Josyane se leva, vacillante.

— Je veux les chiens, grogna-t-elle avec un regard fou, surtout Pataud. Il a une grosse... je veux sa... !

Ils éclatèrent de rire tous les six.

— OK, mignonne. Tu auras Pataud tout à l'heure. Maintenant tu vas bien te maquiller et te parfumer pour Pataud, d'accord ?

Ils la regardèrent s'en aller vers le petit cabinet de toilette à côté de la réserve à bois. Emus, tous traversés de la même pensée : côté pile, Josyane avait la même richesse de rebondissements charnus que sa poitrine...

— On en fera quelque chose, conclut Melchior Roquette (on s'appelait Melchior de père en fils dans la famille), quand Josyane eut disparu. Moi, ce que je propose, c'est de l'installer ici à demeure. Elle est orpheline, elle fera la bonne.

Il agita une main fatiguée vers tout le désordre de la pièce centrale du « relais de chasse ».

— On a besoin d'une bonne, ici. D'une bonne qui vive à poil.

Montbrun, le fabricant de pipes de Digne, tendit le coude et consulta sa Swatch. Un cadeau fait à son fils aîné et qu'il avait raflé aussi sec le lendemain, le fils se demandant encore qui avait bien pu lui faire un coup pareil.

— Je ne sais pas si vous êtes conscients de la perte de

temps. Mais il est bientôt dix heures, et les putes d'Aix devraient être arrivées depuis assez longtemps, non ?

— Pour ça oui ! approuva Pelisson, les garces... pour ma dernière soirée...

Les autres éclatèrent de rire :

Mme Pelisson, c'était bien connu, se montrait très stricte rapport aux escapades « chasseresses » de son époux. Une femme de tête, Mme Pelisson. A qui on racontait difficilement des histoires. Par exemple, celle de la chasse au lièvre. Le mythe du lièvre qu'on traque au chien courant trois jours durant dans la montagne de Lure.

« Tu parles, Charles (Charles était le prénom de monsieur Pelisson). Raconte-moi ce que tu veux comme fariboules, mais pas le coup de la chasse au lièvre qui t'oblige à aller dormir deux nuits ou même trois à Lure... Va t'amuser avec tes potes, achetez un bon lièvre surgelé, mais ne m'énerve pas trop longtemps, hein ? Et surtout, ne me ramène pas de maladies ! »

Cette fois-ci, Mme Pelisson avait exigé de Charles : retour au bercail demain à onze heures au plus tard. Juste assez, en temps, pour prendre un bain, se raser, s'habiller bourgeois, et se présenter dignement au déjeuner de famille. L'anniversaire de Colette, la dernière née de Lucien, le cadet. Mme Pelisson pouvait se permettre d'exiger : l'argent du compte en bourse qui les faisait vivre tous les deux, c'était son héritage, pour les trois quarts, et elle en avait assez de faire des prouesses de paris sur ordinateur pour compenser le coût de l'IGF (1).

— T'affole, gloussa Montbrun, elles vont débarquer, les putes, elles ont intérêt : on paye assez.

Ils rêvèrent tous les six à la somme totale, qui, partagée en six, faisait tout de même quelque chose de coquet : neuf cents par personne. OK, les filles étaient

(1) Impôt sur les Grandes Fortunes.

bien choisies, sur catalogue, chez le meilleur maquereau d'Aix. Après consultation du fichier. Une jolie « bibliothèque » d'albums avec photos et texte expliquant les spécialités. Chacun avait choisi sa « chacune », rapport à ses fantasmes personnels. Marco, le maquereau, c'était du sérieux, du qui ne plaisante pas avec le travail. Ils étaient sûrs de la qualité. Marco y avait intérêt. De bons clients, les chasseurs ! Et qui payaient rubis sur l'ongle, la moitié à la commande et l'autre moitié le lendemain de la livraison. En liquide, sans problème. Du ni vu ni connu. Autant les satisfaire, non ?

Le seul à se moquer du temps qui passait sans arrivage, c'était Melchior Roquette. Lui, il l'avait, sa fille. Josyane, en train de se refaire une beauté et qu'il poussait l'amitié jusqu'à partager avec les copains en attendant les autres filles...

***

A la sortie est de Banon, la CX GTI Turbo ronronnait, avec des vibrations claquant dans les parties en acier de son moteur surchauffé sous le capot. C'était la nuit noire autour de la voiture, la nuit sèche et glacée d'octobre après six jours de coup de torchon de mistral. Dans les pinceaux des phares, si les champs de lavande n'étaient pas blancs de gelée, c'était tout presque. Un lapin trottina entre deux rangées de plantes, déboula sur le bitume et s'y affala, haletant. Incapable de traverser. Il avait les yeux exorbités, suintant de purulences. Il n'avait plus de « jambes ». La myxomatose, la maladie des lapins revenue en force depuis un an dans la région...

La fille assise à côté de la conductrice alluma nerveusement sa cigarette.

— Alors, m... ou quoi, Eliane, tu y es déjà allée ? Tu ne te rappelles pas la route à prendre ?

Elle parlait avec un incroyable accent du Midi exagéré, comme caricatural, et pourtant, elle était blonde et grasse dans son manteau de fausse panthère. Avec des faux cils épais, des lèvres épaisses. L'air parfait de la prostituée parisienne de la rue Saint-Denis des années soixante. D'ailleurs, toutes les cinq, dans la CX, étaient attifées façon pute des années soixante, les années des fantasmes des clients qu'on allait voir, l'époque d'avant la mini-jupe et les collants. Ça, il leur avait fallu du temps pour se préparer, à Aix, avant le départ, dans l'appartement de Marco ! Bas résille, jarretelles à frous-frous, soutiens-gorge à balconnets ou pas de soutien-gorge du tout, manteaux de fausse fourrure, escarpins noirs vernis surélevés, surtout noirs vernis et surélevés : les clients avaient été très précis sur le détail ! Les clients aux fantasmes d'avant Mai 1968. D'avant la mini-jupe et les collants. Ils avaient insisté dans la commande : surtout pas de collants, surtout pas ! Des bas résille et des jarretelles et pas de slip ! Surtout pas de slip ! Puis il y avait eu les « désirs » côté maquillage. Et là, il avait fallu remonter un peu plus profond dans le temps. Remonter jusqu'au style Brigitte Bardot, lèvres ultra-peintes, rouge « baiser ». Yeux ultra-fardés, faux cils et le reste de placardage, côté mascara.

Résultat : à l'intérieur de la CX au chauffage mis sur surpuissance — vu que sous les manteaux, les filles ne portaient rien, à part, chez deux d'entre elles, des misères de soutiens-gorge découpés, ou de slips fendus réduits à l'état de strings de famine — la population en voyage était à l'opposé exact d'un groupe financiers cravatés de sombre en route vers une réunion de conseil d'administration.

Une série de cinq paires de fesses. De cinq paires de seins. De cinq bouches peintes. De cinq âmes de prostituées ne pensant qu'à l'argent du client.

— Eliane, reprit celle qui s'était mise à fumer, est-ce que tu as le sens de l'orientation ?

Silence buté d'Eliane, avec quelques petits papillotements de faux cils.

— Bon, tu ne l'as pas... Alors, moi, je vais te dire. Si on est pas trop connes, le col au nom impossible, le col qui parle à la fois de croix, d'homme et de mort, c'est à gauche, crois-moi, c'est à gauche.

Eliane avança sa longue main blanche aux ongles interminables et très rouges (une commande spéciale de son client à elle, un dénommé Durand, tailleur à Manosque) vers le changement de vitesses.

— Tu crois ? hasarda-t-elle.

— Tu parles que je crois ! J'en suis certaine ! C'est à gauche.

Elle vira vers le siège arrière où Ginette, Nicole et Mélanie étaient posées, fatalistes, dans leurs manteaux de fausse fourrure, avec leurs jarretelles qui leur serraient les cuisses.

— C'est moi qui ai raison ou quoi ?

Vague murmure approbateur.

— Prends à gauche, reprit la fumeuse, qui avait choisi Kiki pour « nom de guerre », et baisse les vitres un moment. Ça s'endort, derrière.

La CX GTI Turbo se balança, puis elle se mit à foncer vers la gauche dans la petite route de montagne.

Kiki se pencha vers le tableau de bord.

— M..., jura-t-elle, dix heures. Ils vont discuter sur le prix, les salauds, pour cause de retard.

Eliane activait sa longue main manucurée sur le levier de changement de vitesses, troisième, quatrième puis la surmultipliée. La voiture se mit à foncer.

— Rétrograde, crétine ! hurla Kiki. Remets-toi en quatrième et même en troisième. En surmultipliée tu vas nous lourder dans la lavande.

Eliane obéit, tremblante.

— Kiki, je suis aussi nerveuse que toi, je t'assure, mais il faut que je te dise quelque chose...

La CX taillait sa route dans un paysage nocturne qui

paraissait résumer tout ce que la fin du monde peut produire. Villages morts, sans une lumière, longues traces noires de bas-côtés, virages subits dans des creux où vasouillaient de nouveaux lapins myxomatosés. Elles aperçurent enfin une pancarte : « Col de la Croix de l'Homme Mort ».

— Ça y est, je m'y retrouve murmura Eliane. Le deuxième embranchement à droite.

Elle repassa la quatrième : ça descendait.

— C'est comment, là-bas ? fit Kiki. Je veux dire : rapport aux clients.

Eliane contrôlait son volant.

— L'enfer, Kiki. Des chasseurs dans un soi-disant relais de chasse, tu vois ce que je veux dire.

Kiki remonta autour d'elle les pans de son manteau.

— Je vois, la race masculine dans toute sa splendeur.

— Dans toute sa splendeur, approuva. Eliane en virant à droite pour prendre un petit chemin caillouteux.

— Eliane, reprit Kiki, pourquoi tu es pute, toi ?

Eliane sourit :

— Mon mari ne gagne pas assez, ça te va comme explication ?

— Ça me va.

— Et toi ?

Kiki soupira.

— Je n'en sais rien, la force des choses, l'habitude... Vraiment je n'en sais rien...

***

Sur le seuil du jas de Miravail, ils étaient six, légèrement titubants sous la lampe extérieure. En face d'eux, une CX au moteur coupé qui cliquetait encore, comme par regret.

— Par ici, mesdames, fit Fouillerot, très princier, et qui s'était rhabillé.

Les cinq putes se dressèrent sur le terre-plein perdu dans la montagne, toutes « voiles » dehors.

— Mais c'est charmant tout ça ! s'exclama Eliane.

Kiki lui lança un coup de coude dans les reins.

— Tu n'en fais pas un peu trop ? Tu as vu leurs gueules de vieux déjetés ?

CHAPITRE V

Comme personne n'est parfait dans la vie, Boris Corentin loupa lui aussi un embranchement de circulation, à peu près à la même heure qu'Eliane, la prostituée aixoise chargée de conduire en CX GTI Turbo ses quatre collègues jusqu'à un jas perdu dans la montagne. Pour lui, le résultat fut qu'il aboutit dans le tunnel taillé dans le roc sous Sisteron, noyé dans les hurlements des boîtes de vitesses des poids lourds et les poumons rougis par les gaz d'échappement. Il dut s'envoyer le tunnel, louvoyer deux bons kilomètres plus loin, chercher un endroit pour faire demi-tour, le trouver, négocier l'opération au risque de se faire réduire en miettes par une des énormes masses roulantes. Enfin, il réussit sa manœuvre et reprit le tunnel en sens inverse, puis il arriva, fatigué, là où il aurait dû aboutir dès le début s'il n'avait pas été maladroit : peu avant la vieille gare de Sisteron. A droite, une voie menant vers des blocs de HLM noyées dans des massifs fleuris dont la profusion n'arrivait pas à faire oublier la tristesse des bâtiments sous les lampadaires diffusant la lumière rougeâtre de leur éclairage au sodium.

Il rangea sa voiture de location à un endroit qui lui parut ne pas être réservé.

— Hé, vous ! hurla quelqu'un dans le noir. Vous êtes sur ma place de parking !

La voix exaspérée venait d'une zone d'ombre, sous des platanes encore à l'âge de l'enfance. Boris ne dit rien. Il revint vers sa voiture. Remonta dedans, retourna la clé de contact, et alla chercher un autre emplacement qui ne provoquerait plus de hurlements. En même temps il pensait à quelqu'un, Charlie Badolini... et il se disait : « Patron, qu'est-ce qu'il ne faut pas faire pour vous... » C'était pensé et dit sans aucune aigreur. Simplement, ce n'était pas de gaieté de cœur qu'il était venu ici. Avec une mission assez délicate à tenter. Il sortit. Il ferma sa portière à clé, il rangea la clé dans sa poche et il leva le nez. Bon, où ça pouvait être au juste l'immeuble « Les Lilas » ? L'immeuble des Bouscarle, dont le complément d'adresse était, sur la petite fiche fournie par le chef de brigade de Saint-Etienne-les-Orgues : « Escalier B, 3e étage. Deuxième porte à droite ».

Comme il s'avançait sur le terre-plein éclairé par les becs à sodium, zigzaguant pour éviter de nouvelles plates-bandes de décoration, il se trouva subitement nez à nez avec une fille qui promenait un chien. La fille était brune, très jeune, mince et replète à la fois. Le chien était un de ces bâtards indéterminés, tacheté de noir sur un œil, qui ne demandent qu'à vous dévorer le bas du pantalon si vous avez le malheur de faire semblant d'avancer le pied droit.

La fille tira sec la laisse vers elle, le cabot recula, à la limite de l'étranglement. Elle était jolie, jeune et brune. Avec une masse de cheveux noirs flottant autour de sa nuque.

Boris n'arrivait pas à décoller ses yeux d'elle.

— Bon Dieu, finit-il par dire, c'est vous que je venais voir.

La fille était exactement celle de la photo fournie par le gendarme de Saint-Etienne-les-Orgues. Mireille Bouscarle.

Elle aussi s'était mise à le regarder intensément, et

Boris pouvait lire dans ses pensées comme à livre ouvert. Une succession de sentiments violents où dominait la panique. Tellement qu'il crut qu'elle allait fuir en courant. Mais elle se domina. Elle restait plantée là, en face de lui, incapable de bouger désormais. De toute évidence, elle n'avait pas besoin d'un dessin pour comprendre de qui il s'agissait. A la limite, il y avait des jours qu'elle devait s'attendre à être contactée.

— Excusez-moi, reprit Boris, je venais ici juste pour essayer de vous voir. Et vous parler un peu.

Il sourit et se présenta.

— Je suis policier, reprit-il, mais je ne suis pas méchant, vous savez.

Elle le fixait, toujours bloquée.

— Ah, je le vois bien, soupira-t-elle en l'examinant de haut en bas.

Au bout de sa laisse, le chien s'était radouci, voyant que sa patronne ne considérait pas l'homme comme un ennemi. Il se mit même à se frotter contre les jambes de Boris.

Mireille se redressa.

— OK, je sais pourquoi vous venez. Parlons le plus vite possible. Ce sera mieux.

Elle eut un geste vague vers sa gauche :

— Il y a un bistrot, là-bas. Vous voulez qu'on y aille ?

Boris regarda la façade, à cinquante mètres. Devant, une vingtaine de motos étaient rangées. Un bistrot de jeunes.

— Merci, fit-il en s'inclinant, on y va.

***

La salle était enfumée et le juke-box se déchaînait. Il n'y avait à peu près que des jeunes dans le public. Sisteronnais de souche, Maghrébins ou Noirs. Un peu partout, des casques de motards. Dans une zone d'ombre, ça flirtait serré, avec des gloussements subits de fille.

— Suivez-moi, fit Mireille en se frayant un chemin. Il y a une arrière-salle. On sera plus tranquilles.

A son passage, il y eut quelques saluts. Avec des airs étonnés. Qu'est-ce que c'était que ce « vieux » que Mireille amenait là ? Bien sûr, ils ne l'avaient jamais vue avec Ange... Elle n'aurait pas osé, sûre qu'ils se seraient moqués d'elle. Quand ils s'étonnaient de ne pas la voir le lundi, son jour de congé, elle expliquait qu'elle allait garder des enfants chez un commerçant de Peyruis pour arrondir ses fins de mois, et ils la trouvaient un peu bizarre d'être aussi sérieuse. S'ils avaient su...

Leurs airs étaient étonnés, mais pas hostiles : un « vieux » comme celui-là, en blouson de cuir trop étroit pour ses épaules, et une démarche de tigre, on ferait bien copain avec...

Mireille fit signe au garçon sur le seuil de l'arrière-salle.

— Seven up pour moi, et vous ?

Boris haussa les épaules.

— Idem.

Elle sourit.

— Tiens, vous n'êtes pas alcoolique ? Ils sont tous alcooliques, les gens de votre âge.

Il s'assit en face d'elle, pas vexé. Il y avait longtemps qu'il savait que, passé vingt-cinq ans, tout être humain paraît être un vieux pour les mômes.

Mireille attendit que le garçon — ultra rapide, ce devait être un copain — les ait servis, et elle eut son premier sourire, un peu gêné.

— Pardonnez-moi pour ma réflexion. Des vieux comme vous, ça en vaut beaucoup de plus jeunes.

Elle se tut brusquement, ses pommettes avaient rosi. L'image d'Ange. Un « vieux » lui aussi, et tellement plus...

Elle tendit la main vers le brouhaha de la grande salle.

— Je suis sûre que les trois quarts des mecs ne sont pas capables de faire trente pompes de suite, lança-t-elle vivement comme pour oublier les souvenirs qui venaient de lui traverser l'esprit.

Boris hocha la tête.

— Vous m'en croyez capable ?

Mireille partit d'un rire de gamine.

— Ben, évidemment ! Ce serait même plutôt soixante.

Il se mordit un peu les lèvres. Autour d'eux, personne. Ils étaient seuls dans l'arrière-salle.

— Mireille ? fit-il comme on se jette à l'eau, je peux me permettre une question ?

Elle le fixa de ses yeux noirs d'enfant qui avait très vite appris la vie. Des yeux autour desquels les cils étaient incroyablement longs et ourlés. La fille du Midi type, pulpeuse et fraîche, grasse où il le fallait, mince là où il le fallait aussi. Avec une fantastique peau de pêche brunie. Boris avait repéré la silhouette tout à l'heure sur le terre-plein en la suivant vers le bistrot. L'été, à la piscine de Saint-Auban, ça devait être quelque chose à révolutionner les populations, Mireille se levant de son matelas, s'avançant en string brésilien vers le plongeoir...

— Une seconde, fit-elle, je voudrais vous poser une question avant de répondre. Vous me permettez, n'est-ce pas ?

— Bien sûr, Mireille...

Elle parut réfléchir.

— Je ne comprends pas. Vous n'êtes pas d'ici. Vous ne pouvez venir que de Paris. Pourquoi un policier fait-il le voyage depuis Paris pour venir enquêter ici sur la mort d'Ange ?

Boris but lentement une gorgée de sa boisson gazeuse.

— Oublions ma question, fit-il. De toute façon, elle n'a plus d'intérêt. Je vais vous répondre avec sincérité parce que je crois que c'est le mieux. Vous avez l'air d'une fille bien et je ne voudrais pas vous cacher quelque chose d'important.

Il eut comme une moue d'excuse.

— Dans mon propre intérêt, vous savez. Comment pourrais-je vous demander de m'aider si je ne suis pas sincère avec vous ?

Les cils battaient en saccade devant lui et Mireille était de plus en plus séduisante d'être inquiète.

— Ç'est si grave que ça, la raison de votre arrivée ?

Boris secoua la tête.

— Non, grave n'est pas le mot. C'est important, voilà tout, et vous avez le droit de savoir.

Il se pencha.

— Mireille, savez-vous vraiment qui était Ange Badolini ?

Elle se recula, pâle.

— Un merveilleux amant. Il avait soixante-trois ans, mais vous ne pouvez pas savoir. La douceur... La force... La gentillesse...

Les larmes lui montaient aux yeux.

— Jamais je n'en retrouverai un autre tel que lui.

Boris lui laissa le temps de se sécher les yeux avec un Kleenex.

— Petite, reprit-il, je comprends. Mais ce n'est pas de cela que je voulais parler. Sur sa famille, sa parenté, Ange ne vous a jamais rien dit ?

— Jamais. Pour moi, c'était un solitaire, bizarre, sans doute. Braconnier, vivant de combines, la cueillette de la lavande et le travail dans les distilleries en août, et tuer des cochons à l'automne. Ah, il ramassait aussi des champignons dans Lure, des pinins, vous savez ce que c'est ? Non... Je vous expliquerai. Puis, l'hiver, il aidait aussi aux remonte-pentes de la station de ski de Lure, les années où il y a de la neige, voilà, c'est tout ce que je sais de lui...

Elle se détourna encore.

— A part qu'il m'a formidablement appris l'amour.

— Vous ne vous êtes jamais posé de questions sur son passé ? La vie qu'il a pu avoir jusqu'à votre rencontre ?

Mireille le fixa :

— Quand on tombe amoureuse d'un homme, on ne se pose pas ce genre de questions.

Boris sourit.

— Bien sûr. A votre place, j'aurais fait pareil. Mais maintenant qu'il faut m'aider à retrouver son assassin, ou ses assassins, parce que vous allez m'aider, n'est-ce pas ?

Elle fit oui de la tête, plusieurs fois, en se mangeant la lèvre inférieure pour ne pas recommencer à pleurer.

— Très bien, Mireille, alors, je vais vous dire ce qu'il faut que vous sachiez. Ange a eu un passé compliqué...

Il raconta, tout, pariant toujours sur la franchise, et ça paya.

— Bon Dieu ! s'exclama Mireille, illuminée, mais c'est fabuleux ! Pourquoi ne m'a-t-il rien dit ? Il a donc été un rebelle ! Un homme libre ! Et il s'est réfugié dans son jas, comme ça, après tout ce qu'il avait vécu ! Quel dommage qu'il ne m'ait jamais parlé...

Elle rêvait, humide des yeux.

— Ah, je comprends maintenant pourquoi il avait une telle expérience des femmes...

Elle tapa du poing sur la table.

— Mais c'est que je vais être jalouse de son passé !

Elle se bloqua, subitement secouée de sanglots.

— Mort... il est mort...

Boris mit longtemps, à force de phrases murmurées, à lui faire reprendre le contrôle d'elle-même.

— Mireille, vous êtes plus décidée que jamais à venger Ange... Alors, je poursuis. Ange avait un autre secret...

Mireille le fixait avidement :

— Et comment il est, le frère d'Ange ? Ce grand flic qu'est votre patron.

Boris hésita.

— Il faudrait que je vois une photo d'Ange. Je n'en ai jamais vu.

Mireille se souleva un peu, portant la main à la poche arrière de son jean.

— Tenez, fit-elle comme on lance une bravade. Voilà. La photo ne me quitte jamais.

C'était un Polaroïd qui paraissait tout petit sur le Formica façon bois de la table. On y voyait, sur fond de fayards, un vieil athlète en maillot de bain, bombant le torse. Le ventre était plat, les cuisses noueuses et les épaules puissantes. Surtout, il y avait le regard, dans le visage mince cerné de mèches épaisses d'un blond grisonnant. Un extraordinaire regard bleu, d'un bleu de fond de calanque corse. Ange Badolini, frère aîné du commissaire divisionnaire Charlie Badolini, avait été ce qu'on appelle un très bel homme...

— Chapeau, murmura Boris, je voudrais bien être comme lui à l'âge qu'il avait...

Mireille eut le courage de sourire.

— Vous êtes parti pour. C'est drôle, vous me faites penser à lui, avec trente ans de moins. Je me trompe sur la différence ?

— Un petit peu...

Elle rit.

— Coquet avec ça ! Bon, le frère, il est comment ?

Boris esquissa une moue.

— Petit.

— Ah...

— Très brun.

— Ah... costaud, au moins ?

— Pas vraiment... Plutôt le genre que son costume épaissit.

— C'est drôle, nota Mireille. Mon père aussi est enflé comme une allumette. Alors que son frère a la carrure à faire tomber un fayard d'un coup d'épaule.

Elle rejeta en arrière d'un bref coup de nuque ses mèches bouclées.

— Il est sympa, au moins ?

— Très, je le considère comme mon père.

Elle se replia sur elle-même, jouant avec la paille de son Seven up. Dans l'échancrure de son pull boutonné, la naissance de ses seins jouait...

— Je résume, si vous permettez, fit-elle. Ange était un ex-voyou brouillé avec sa famille et son frère cadet est un gros flic. Il l'aidait en secret. Il veut maintenant savoir et...

Elle releva la tête.

— Et il veut que ça ne se sache pas trop. Je me trompe ?

Boris se sentit gêné.

— Les gens sont cons, à Paris, et surtout salauds. S'ils apprennent l'affaire, Charlie aura des complications.

Mireille se mit à mordiller sa paille de plastique.

— Et moi, ici, à Sisteron, petite ouvrière de rien du tout, je tiens entre mes mains le destin d'un grand chef de la police française...

Elle partit d'un rire à la limite de l'hystérie.

— Fabuleux... Moi, moi...

Elle se bloqua, fixant Boris dans les yeux.

— J'ai envie de faire l'amour avec vous, lança-t-elle brusquement. Je suis sûre que vous faites l'amour aussi bien que Ange, j'ai des antennes.

Il arrêta de respirer.

— Chantage ?

Elle secoua la tête, visage envahi de mèches furieuses.

— Non, monsieur le flic ! J'ai envie de faire l'amour, c'est tout.

Elle s'effondra.

— Je vous en prie, faites-moi l'amour tout de suite.

Boris lui caressa doucement le dos de la main.

— Tu te rends compte, petite, de ce que tu me

demandes ? fit-il en la tutoyant pour la première fois. Je suis en service. Ce n'est pas très réglementaire, tout ça.

Mireille se cambra.

— Et alors ? lança-t-elle avec un éclair dans les yeux. Si vous croyez que je vais le claironner sur lès toits, vous vous trompez.

— Je n'ai pas dit ça, je n'ai rien à cacher. Simplement, mesure bien à quoi tu t'engages.

Mireille passa sa main par-dessus celle de Boris, lentement.

— Je le sais très bien. Vous êtes mon allié, j'ai envie de faire un peu plus connaissance. C'est interdit ?

— OK, petite, fit Boris. On y va, on va trouver une chambre d'hôtel, je vais téléphoner. Pendant ce temps, toi, tu remontes chez tes parents, qui t'ont recueillie après tout ça, n'oublie pas. Trouve une excuse. Dis-leur que tu as une soirée avec des copains, un truc comme ça. Tu ne peux pas te tirer de nouveau sans avertir.

CHAPITRE VI

Dans le ciel incroyablement pur des Alpes de Haute-Provence, la voie lactée était parfaitement visible. Avec la grande Ourse, la petite Ourse, et au sud, l'Etoile du Berger, montée très haut à cette heure de la nuit. Six jours de mistral avaient lavé le ciel à le rendre transparent comme un cristal de Baccarat. Au fond de la vallée de Jabron, des chiens hurlaient à la mort, se répondant de ferme en ferme, de bergerie en bergerie. Des chouettes chevèches passaient avec des frôlements d'ailes soyeux dans l'air sec et glacé. De temps à autre, une grive sifflait, un merle se raclait la gorge. Ça sentait très fort, dans l'air immobile, les champignons des sous-bois avoisinants, la sueur poilue des sangliers en route vers les champs de pomme de terre de la vallée, le remugle des abattis de bois autour des tentatives de recherche d'extraction pétrolière des années soixante. Ce n'est vraiment pas très loin des lieux civilisés, le versant nord de la montagne de Lure, et il y a même, au sommet, un relais TV, joli massacre de paysage, mais il faut ce qu'il faut si on veut avoir une bonne réception dans la région... Mais c'est absolument sauvage. Déserté, vide. A se demander pourquoi il n'y a pas encore de loups et des ours comme il y a cent cinquante ans.

Au-dessus d'une silhouette très brève de taille, et

assez difforme d'architecture corporelle, les volutes d'une fumée de Monte-Cristo n° 3, de chez Davidoff (1) montèrent dans la luminosité cristalline de la nuit comme une fumée-signal d'Indiens dans les films de John Ford. Pour un nez averti, la fumée n'avait pas seulement une odeur de tabac de la Havane, il s'y ajoutait très nettement des relents d'alcool. De cognac, pour être précis. De toute évidence, avant absorption buccale, le propriétaire du Monte-Cristo avait trempé celui-ci dans du cognac ou plutôt, il avait infusé l'intérieur du cigare de cognac, ce qui prouvait que le propriétaire dudit cigare n'était pas sans aimer les plaisirs forts.

Maître Joseph Fouillerot, rhabillé de velours vert bouteille, savoura sa nouvelle intrusion pulmonaire de tabac plus alcool.

— Tu vois, Bernard, fit-il, on a fait deux grosses bêtises, finalement.

Le docteur Bernard Martin, gynécologue à Apt, se contenta de tirer sur sa Marlboro. Il ne supportait pas le cigare, surtout trempé dans l'alcool. Il se tourna vers le jas de Miravail, derrière eux. Inquiet. Bon, ça pouvait aller, tout le monde dormait là-bas. Durand, le tailleur, Montbrun, le fabricant de pipes, Pelisson le rentier, Roquette, l'horticulteur, et les six filles. La petite auto-stoppeuse prénommée Josyane d'abord, puis les cinq professionnelles venues d'Aix en CX GTI Turbo. Entre parenthèses, il faudrait allonger un peu plus que prévu, demain, côté Marco, le mac. On avait usé de la cravache sur trois des putes, en particulier sur Eliane. Ça valait un supplément, contrat oblige. Bon, petit détail à régler demain...

Pour l'instant, ils n'étaient que tous les deux encore éveillés. Joseph et Bernard. Deux notables revenus à la raison après une demi-nuit de folie sexuelle. C'était

(1) Célèbre marchand de cigares genevois, le top des tops.

comme ça, on ne se refait pas, on n'a qu'une vie... Surtout quand on a des appétits, et de l'argent pour les satisfaire. C'était Joseph qui avait cravaché Eliane, liée par les poignets à l'escalier menant à la grange, et Bernard qui l'avait prise tout de suite après, suivi par Joseph. Puis par Bernard, puis le tailleur, puis Montbrun, puis Melchior Roquette... Bon Dieu ! Qu'est-ce qu'ils s'étaient éclaté ! Même qu'il avait fallu que Bernard, le toubib, sorte sa pharmacie portative pour administrer quelques soins précis à la prostituée vraiment massacrée, et qui avait un urgent besoin de coagulants, côté pile, malgré toute son expérience passée.

Avant d'aller dormir à leur tour, ils avaient éprouvé le besoin de sortir prendre un « bol d'air ». Aussi parce qu'ils aimaient la montagne. Particulièrement la nuit, après le mistral. Une promenade autant esthétique qu'hygiénique.

— Bernard, reprit Joseph, je te dis qu'on est mal barrés.

Le médecin se cabra, l'air excédé.

— Tu manques sérieusement de magnésium, toi. Ça te déprime. D'accord, on a défoncé une pute à la faire saigner, on lui a labouré les fesses et le dos à la cravache, et alors ? Elle est payée pour ça, et on rallonge le supplément. Où est le problème ?

Maître Joseph Fouillerot s'avança dans les cailloutis, attentif à ne pas se tordre les pieds. Il s'arrêta à dix mètres et s'adossa à un arbre. Il soupira. Malgré son cigare, le froid vif de l'extérieur le dessaoulait.

— Bernard, fit-il, je ne te parlais pas de ça. La pute, je m'en fous. Ce qui me soucie, c'est bien autre chose.

Le gynécologue se fouilla dans la nuit claire, à la recherche d'une nouvelle Marlboro. Claquement de briquet, brève illumination du paysage proche. Où une longue tache jaune se mit à bondir.

— Regarde ! cria Fouillerot. Le lièvre ! Comme quand on a...

— Tais-toi ! siffla le médecin. Tu vas te taire ?

Fouillerot se rapprocha de lui.

— C'est toi qui a commencé la première erreur, n'oublie pas ! On te faisait confiance. On te croyait bon médecin, tu n'étais qu'un boucher.

L'autre le repoussa à deux mains.

— Tu n'as jamais fait d'erreur ? Tous les notaires sont des salauds. Tu veux que je te rappelle la succession Rouvan, à Cruis ? Ou l'affaire des Bons du Trésor des Herodion, à Château-Arnoux. Et les dessous de table de Saumane. L'affaire du garage de Malijai... Tu veux vraiment ?

— Des menaces ? siffla le nabot. Je te demande d'arrêter illico. Tu ne comprends rien.

Ils étaient comme deux coqs de combat dans la nuit de Lure. Deux coqs aux ergots ferrés d'acier.

— Bernard, reprit le notaire après un long et double silence haletant, écoute la chouette chevèche, là-haut, vers le col. Ecoute, en bas, les clochettes des troupeaux. C'est tout ce qu'on aime, tout ce qui nous réunit, nous a fait amis. Lure, la chasse à Lure, le relais de chasse avec les filles après la chasse ! On ne va pas gâcher ça pour des énervements passagers !

Le gynécologue allait et venait dans les cailloux, cigarette rougeoyante aux lèvres.

— D'accord, Joseph. D'accord avec toi. Mais il ne faut pas m'accuser comme ça. Pas si simple. Je ne pouvais pas savoir. Si elle a saigné ce n'est pas de ma faute.

— Tu parles ! Tu l'as dit toi-même, juste après : tu avais oublié de mettre les anti-hémorragiques dans ta trousse.

— OK, j'avais oublié, mais j'étais saoul ! Tu peux comprendre ?

Fouillerot mâchouilla son cigare.

— Oui, bien sûr, mais tu nous as eus. On ne te croyait pas saoul. Résultat : le binz, je ne vais pas te faire un dessin.

Bernard Martin se voûta.

— Il fallait bien trouver une solution, non ? Rappelle-toi. Quand on a fondé le club, on a juré : à la vie à la mort ! Ça voulait dire quoi ? Que quand ça se présenterait, le problème, on serait liés pour les ennuis comme pour le plaisir. Rappelle-toi, on l'a assez dit : « Pour les ennuis comme pour le plaisir ».

Fouillerot s'avança.

— Qui t'a dit qu'on n'a pas respecté le contrat ? M... à la fin tu as fait une connerie. On a fait ce qu'il fallait pour éviter les vagues, tu es aussi compromis que nous.

Le notaire s'assit sur une pierre.

— Bernard, murmura-t-il avec effort, j'ai un renseignement. Je n'ai pas encore osé en parler aux autres. Deux flics de Paris ont débarqué à Saint-Etienne-les-Orgues. Deux flics de la Brigade Mondaine. Je n'aime pas ça du tout.

Il tira jusqu'à se noyer la glotte dans la nicotine tout ce qui restait de tabac dans son Monte-Cristo.

— Pas du tout, reprit-il sourdement.

Devant lui, le gynécologue se passait interminablement la main sur le visage.

— Tu crois qu'ils sont là pour le Corse ? murmura-t-il d'une voix blanche. Je ne vois pas pourquoi. Ce n'est tout de même pas dans les cordes de la Brigade Mondaine, un meurtre de chasse !

— Tu as raison. Mais alors, explique-moi ce qui les amène dans le coin. Tu as entendu parler d'une affaire touchant à leur spécialité dans les environs ?

— Non. Pas plus que toi...

Bernard Martin se redressa :

— Tu te montes la tête. Vraiment. Réfléchis. Ils sont à Saint-Etienne, les deux poulets. Pas de ce côté-ci de Lure. A mon avis, ils sont sur un coup encore secret de l'autre côté. Un truc qu'on va apprendre bientôt. Non, on n'a pas à s'inquiéter.

Fouillerot leva les yeux vers les étoiles.

— Je mettrais bien des cierges pour que tu ne te trompes pas...

Le gynécologue se rapprocha de lui.

— Allez, on rentre, qu'est-ce que tu dirais de remettre ça avec Eliane ? Moi ça m'a sérieusement retapé, la petite promenade.

Fouillerot sourit.

— Après tout... Ça nous changera les idées.

Ils repartirent vers le jas d'un pas vif.

— Pas un mot aux autres, dit Martin avant d'entrer. Ils sont trop paniquards, surtout Montbrun.

*
* *

Dans la lumière venue du couloir par la porte ouverte doucement, les deux filles dormaient dans leur lit, serrées l'une contre l'autre. Fouillerot chercha l'interrupteur et le manœuvra d'un geste sec. Les deux filles se dressèrent, comme mues par un ressort, hagardes. Poitrines haletantes au-dessus des draps.

— Si c'est pas mignon ça ! gloussa Fouillerot.

Il tendit l'index vers Eliane.

— Viens, toi, descends avec nous.

— Mais... balbutia-t-elle. C'était fini...

— Pas pour toi, viens. Tu auras un supplément, ne t'inquiète pas.

*
* *

Qu'est-ce que ça pouvait leur faire que leur victime hurle à tout-va dans la nuit ! Qui pouvait l'entendre, suspendue comme elle l'était à une poutre de la grande salle ? Ils se l'envoyaient, après, tour à tour. Puis le tailleur arriva, et le fabricant de pipes, et le rentier, et l'horticulteur, réveillés, avec des rires salaces.

A l'étage, les quatre autres filles d'Aix et Josyane se mordaient les lèvres. Est-ce que ce serait leur tour à elles aussi ? Bien possible avec ces dingues... Ils avaient tellement d'argent. Et le client est roi.

***

Montbrun, qui était le plus grand, décrocha Eliane et la porta sur un canapé. Martin, qui était tout de même médecin, lui administra des remontants par piqûre.

— Salauds..., geignit Eliane en reprenant conscience.

Fouillerot se pencha sur elle.

— Excuse... On a eu un coup de folie collectif. On payera...

Eliane releva la tête, de grands cernes noirs autour de ses yeux.

— Ça je veux ! Mais pas un mot à Marco. Cinq mille à vous six. Cinq mille en liquide.

— On ne les a pas, rétracta Fouillerot.

La prostituée aixoise ondula dans la couverture de peau.

— Je reviendrai toute seule, fit-elle avec des roulements de poitrine et de fesses. On recommencera selon vos méthodes, mais chaque fois, ce sera cinq mille. Alignez les biffetons. Cinq mille chaque fois, ça veut dire dix mille à la prochaine visite.

Ils se regardèrent de biais.

— D'accord, finit par dire Fouillerot. Les dix mille seront là. En liquide.

Eliane se retourna contemplant d'un air « navré » ses fesses cravachées.

— Qu'est-ce que vous cognez, dans la montagne de Lure...

Le fabricant de pipes s'avança, émoustillé.

— Tu veux cinq mille pour que je recommence tout de suite ? Attention, moi tout seul.

Eliane se tortilla.

— Si tout le monde s'y met, ça fait six fois cinq mille, non ?

Hésitation en face.

— Bon, conclut Montbrun, je reste seul. Viens.

Il lui attrapa le poignet droit.

— La badine de bambou, ça te va ?

Eliane le fixa.

— Le bambou, ça fait plus mal. Ça va chercher dans les six mille au moins.

— Sept, si tu acceptes sur les cuisses.

Elle vibra.

— Huit. Ça fait encore plus mal, sur les cuisses. Et je vous connais, les coups s'égarent vers le ventre.

— Huit, on tope-là...

Il tendait la main.

— Où sont les huit ? fit Eliane, l'air dur. Cette fois, je veux voir.

Le fabricant de pipes soupira.

— Salope, va.

Il alla fouiller une veste de chasse.

— Ça te va ? Le compte y est ?

Eliane vérifia.

— Ça va. Bon...

Elle prit une lente inspiration.

— Tu sais, client, je ne triche pas quand j'ai été payée.

Montbrun se recula.

— On est pareils, fillette. Moi non plus je ne triche pas quand j'ai payé.

La badine de roseau s'éleva, lente et douce, puis elle parut hésiter. Dans la grande pièce centrale du jas de Miravail, le feu s'éteignait. Les odeurs du dîner, des alcools et des tabacs se diluaient déjà. Dehors, les premiers bruits de l'aube commençaient, les chouettes rentraient au nid, les merles se préparaient à leur première sortie. En bas, dans la vallée, les pétarades des motos d'ouvriers en route vers le travail se faisaient entendre, et ici, eux tous, les fous du sexe dans leur relais de chasse truqué, ils ne pensaient qu'à une chose : le sexe ! Le sexe qui fait oublier les problèmes de la vie.

— On y va, fit calmement Montbrun.

Il se cala des deux pieds sur le sol. En face de lui, Eliane, suspendue à la poutre centrale, pour huit mille francs de plus...

« Wurff ! » siffla la badine de bambou.

Eliane se tordit comme un sous-marin secoué par l'explosion d'une grenade. Elle se tordit au point que ses hanches s'élevèrent à l'équerre.

— Non ! Non ! hurla-t-elle.

Puis elle retomba. Fesses zébrées d'une profonde marque noire.

La badine se releva, puis cingla de nouveau.

— Non ! hurla encore Eliane. Non !

Quand le jour vint enfin, quand le fabricant de pipes de Digne la détacha, Eliane s'effondra, accroupie sur le sol.

— Laissez-moi, grogna-t-elle, je n'ai plus besoin de personne. J'ai gagné mon argent.

Huit mille francs.

Plus les six mille d'avant, et le reste de la soirée ordinaire. De quoi payer encore un semestre d'étude, de son fils dans un bon collège.

Elle se laissa aller dans le tapis de haute laine.

— Je ne vous hais pas, hoqueta-t-elle, on a fait un marché. Je voudrais seulement demander une chose, la prochaine fois...

Elle n'arrivait plus à parler tellement ses fesses la brûlaient.

— Je vous en prie, je reviendrai, Mais...

Elle n'arrivait pas à poursuivre.

— Ne mouillez pas la badine, ne la mouillez pas, la prochaine fois...

Maître Fouillerot s'approcha.

— On te doit bien ça, mignonne, c'est juré craché. Reviens et on ne mouillera plus la badine. Mais reviens vite, dans quinze jours. OK ?

Il rit :

— On peut continuer à faire affaire sans Marco, tu sais ?

Eliane se releva sur les coudes.

— Taisez-vous, murmura-t-elle. Les autres filles vont me dénoncer...

Fouillerot lui flatta les fesses.

— T'inquiète, il suffit que tu nous donnes ton numéro de téléphone personnel. Après, on sera muets comme des carpes.

CHAPITRE VII

Ils étaient dans un hôtel de campagne, au nord de Sisteron, peu avant Laragne. Une drôle de gravure dominait le lit : une image de Gustave Doré. Le chat botté dans tous ses états, triomphant devant le roi qui donne sa fille à son maître.

Le radiateur tintait à gauche du lit, sous la fenêtre. Le lit était un peu étroit pour qu'on puisse y dormir vraiment à deux. Mais tout juste bien pour autre chose que dormir. Tout à l'heure, Boris avait commandé, et obtenu, à l'ahurissement du garçon d'étage, du champagne et des sandwiches au saumon fumé de Norvège. Mireille et lui avaient dévoré tout ça en se déshabillant.

Puis, ils avaient baissé la lumière, et il avait fallu que Boris, « fils » de Charlie Badolini, se montre, amoureusement, à la hauteur d'Ange, le frère aîné de Charlie Badolini. Ça lui avait pris longtemps, et il avait dû rameuter toute son expérience des femmes. Qu'est-ce qu'elle était sur le qui-vive, Mireille ! Qu'est-ce qu'elle guettait !

— Pourquoi tu ne me caresses pas là en même temps que ?... Ange le faisait, tu sais...

Il la pénétrait, de toute la force douce de ses reins, et elle griffait ses épaules.

— Ha ! Qu'est-ce que tu es fort...

Puis soudain, la litanie reprenait :

— Ange me caressait aussi les seins en même temps. Tu ne peux pas ?

Ah oui, il pouvait ! Mais il fallait se contorsionner. Pas facile de faire l'amour en caressant les seins aussi...

— Ange ne te disait pas que c'était à toi de te caresser les seins ?

Elle riait.

— Oui, évidemment... Tu parles comme lui.

Et elle se caressait les seins.

— Embrasse-moi, exigeait-elle jusqu'au fond. Embrasse ! Fouille avec la langue. Bon Dieu, fouille !

Il obéissait, il fouillait de toute sa langue plongée dans la gorge chaude de Mireille, et c'était dingue, comme il avait l'impression de remplacer un mort ! De n'être qu'un substitut.

Mireille reprit souffle.

— J'ai encore envie de champagne.

Il vira de la nuque vers la bouteille sur la table basse.

— Désolé, la bouteille est vide.

— Sonne !

Il sourit. Jeunesse ! Impérieuse jeunesse !

— OK, fit-il, conciliant, en pressant un bouton.

Dans leur dos, le garçon de l'étage se réencadrait dans la porte. Assez intéressé par le couple qui l'observait au-dessus de ses draps.

— Désolé, fit-il, il n'y a plus de champagne.

Boris se passa l'index sur la racine du nez.

— Combien ?

— Combien quoi ? s'interloqua le garçon.

Boris s'efforça de rester calme.

— Combien pour qu'il y ait quand même du champagne sur ma table de nuit dans cinq minutes.

L'autre rit, l'air voyou.

— La bouteille, c'est deux cents. Le service, trois cents.

— Vas-y, fit Boris. Apporte, mais ce sera du frais, hein ?

Mireille se lova contre lui sous les draps tandis que le garçon repartait.

— Tu es dingue, cinq cents francs une bouteille de champ ?

— Qui te dit que je vais payer cinq cents ?

Elle se cabra.

— Tu lui as promis...

Il rit.

— Attends...

*
* *

Le garçon d'étage revenait, débouchant sa bouteille, l'air sournois. Il remplit les deux verres. Boris goûta.

— Il est plat.

L'autre eut un sursaut venu des vertèbres lombaires.

— Comment ça, il est plat ? C'est mon meilleur.

Boris tendit la coupe.

— Goûtez, il est plat.

L'autre prit le verre et goûta.

— Exact, avoua-t-il. Il y a erreur.

Boris eut un petit geste négligent.

— Allez me chercher la bonne bouteille.

*
* *

Boris se tournait vers Mireille.

— C'est mieux, non ?

Elle claqua de la langue.

— Super !

Le garçon se pencha :

— Excusez-moi, l'argent...

Boris le fixa.

— Hé, mec ! Tu as cherché à m'anarquer, tout à l'heure. Alors, tu vas souffrir, on est d'accord sur les deux cents pour la bouteille, mais les trois cents du service, va te faire voir.

L'autre s'avança l'air mauvais.

— Toi, le vieux, tu ne vas pas m'avoir comme ça.

Une demi minute plus tard, il grattait du menton le plancher, bras retournés dans le dos.

— Je ne suis pas contre le service de nuit, expliquait au-dessus de lui un athlète brun dans un état de nudité absolue mais je suis contre les truqueurs.

Il tira un peu sa main gauche vers le haut et le garçon cria : la main gauche lui relevait les deux poignets vers des hauteurs que les jointures des épaules et des coudes jugeaient inaccessibles.

Les deux billets de cent francs atterrirent à côté de la joue droite du garçon d'étage. Puis deux pièces tintantes de dix francs.

— Ramasse et tire-toi, lâcha Boris. Et si tu me cherches des ennuis, je te bousille.

Mireille s'étirait dans le lit, bras en croix, seins saillants, cuisses ouvertes en grenouille avide.

— Tu es merveilleux ! gloussa-t-elle. On dirait Ange. Ah, les vrais hommes...

Il se sentit de nouveau un peu gêné de succéder si facilement au frère aîné de Charlie Badolini. Mais en même temps, comment dire à Mireille : « oublie Ange » ? Impossible.

— Viens, reprit-elle, baise-moi encore, fourre-moi, prends-moi devant et derrière, où tu veux, comme Ange.

Boris se rapprocha d'elle, un peu estomaqué par le côté « derrière » de la demande de Mireille. Sacré frangin de Charlie... Quel professeur d'amour surdoué il avait été ! A part lui, Boris souriait, pensant à ce petit Niçois de commissaire divisionnaire juché sur ses talonnettes. Est-ce qu'il pratiquait certaines petites complications avec Suzanne, sa digne épouse ? Possible après tout... Mais c'était bien difficile à imaginer.

— Avant Ange, murmura-t-il, tu avais connu l'homme, comme on dit ?

Mireille attrapa son membre à deux mains pour l'aider à bien la pénétrer du « deuxième » côté, celui qu'elle avait décidé de lui offrir. Par admiration pour son attitude à propos du champagne.

— Non, geignit-elle tandis qu'il s'introduisait. Ange m'a dépucelée. A Sisteron, dans une ruelle. Puis il m'a emmenée dans la montagne sur son vélomoteur, je me rappelle, j'avais très froid, assise en danseuse sur le porte-bagages. Je l'avais attrapé à bras le corps, et je me frottais la poitrine contre son dos. On est montés là-haut par Valbelle, puis par le Pas de la Graille.

Elle délirait tandis que Boris s'enfonçait en elle.

— C'était à Lure. A l'aube. Il m'avait emmenée voir le lever du soleil au sommet de Lure. On avait ramassé des brindilles pour le feu, on a fait le café côte à côte juste avant l'aube, on l'a bu, c'était brûlant. J'avais de nouveau chaud dans le ventre tout à coup. Le soleil a surgi du côté de l'Italie et on a tout vu ! le Mont Blanc, la Sainte Victoire, le Mont Gerbier des Joncs en Auvergne ! Le quart de la France... C'était fabuleux, j'avais envie d'avoir fait des études pour comprendre tout ça. Ange m'a renversée dans les cailloux juste quand le soleil s'est levé.

Elle cherchait la bouche de Boris, elle la trouvait, elle la mordait.

— Tu es comme lui ! Le vrai frère d'Ange, c'est toi. Prends-moi comme Ange ! Vas-y...

Elle se détourna, vibrante.

— Il m'a aimée de cette façon-là dans les cailloux, tu piges ? Dans les cailloux ! Qu'est-ce que j'étais heureuse !

Elle parut réfléchir :

— C'est drôle, reprit-elle. En se relevant, tout de

suite après, il m'a un peu soulevée et il m'a... Je n'avais jamais cru ça possible tu comprends ? Jamais. Et ça m'a paru normal. Vas-y comme lui. Prends-moi comme lui !

*
* *

Des pigeons voletaient artistement de l'autre côté de la vitre. Dehors, le jour était gris. S'ils avaient eu le temps d'écouter hier soir les informations météo, sûr qu'ils auraient appris que le temps avait tourné dans le Midi.

Mireille termina de dévorer son deuxième croissant. Sa lourde poitrine de fille précoce sortait des draps, remuée.

— Merci, fit-elle, les yeux fiévreux.

— Merci pour quoi ?

— Qu'est-ce que tu es bête ! A ton âge. Mais tu n'as pas compris ! Tu fais l'amour comme Ange ! Avec toi, je retrouve Ange.

Elle baissa les paupières.

— En plus jeune. Ange n'aurait jamais recommencé aussi souvent que toi...

Boris but une nouvelle gorgée de café.

— Je serai vieux comme lui un jour...

Elle rit :

— Pas pour l'instant, mon salaud.

Elle serpenta dans les draps froissés pour se coller contre sa hanche et son torse.

— Si tu t'imagines que tu m'as fait oublier Ange, tu te mets le doigt dans l'œil.

Boris prit l'air absent.

— Je n'ai jamais imaginé !

Mireille se rua sur lui, bouche cherchant sa bouche avec une avidité de sangsue.

— Crétin ! Tu n'as pas compris, tu me l'as fait oublier

sexuellement ! Tu es meilleur que lui. Normal, tu es jeune.

Il y avait une forme de cocasserie à entendre cette fille de dix-sept ans traiter de « jeune » un homme au bord de la quarantaine...

— Ange, c'était ton premier, remarqua-t-il. Ça ne s'oublie jamais.

Mireille se figea.

— Tu as raison, c'était mon premier.

Elle parut s'absorber dans ses réflexions.

— Bon, reprit-elle, qu'est-ce que tu veux savoir au juste ?

Boris sourit.

— Comme tu y vas ! Tu as l'air de t'imaginer que je t'ai fait l'amour contre renseignements. Un peu insultant, tu ne crois pas ?

Elle se mit à gratter la ligne de ses pectoraux avec ses ongles.

— Ne te vexe pas, surtout !

Elle se mordit les lèvres.

— Tout ce que je sais, reprit-elle c'est qu'ils parlaient de droit de chasse. De loi Verdheille, de problème de distance de tir, et il y avait ce lièvre qui s'était réfugié chez Ange, et qui tremblotait de toute sa poitrine, tu ne peux pas savoir.

« Puis ils ont tiré. Ange est tombé, ils ont encore tiré, le silence est revenu. Moi, j'étais sous le lit, et tout ce que j'ai vu, c'est les bottes de chasse. Beaucoup de paires de bottes de chasse, sauf une paire. Des souliers, bizarres, épais, avec de gros lacets et des semelles triples au moins.

Boris caressa le menton de Mireille.

— Sois gentille, parle-moi un peu plus de ces chaussures bizarres, tu veux ?

*
* *

Obtenir New York ou Los Angeles, c'est quoi ? Une affaire de deux minutes, en comptant large. Pour obtenir l'*Hôtel de Lure* à Saint-Etienne-les-Orgues, depuis l'hôtel où il se trouvait à trente kilomètres de distance, Boris dut s'y reprendre à quatre fois.

— Mémé ! Ah, je t'ai enfin ! Ne me pose pas de questions. Fais ce que je te demande, tu veux bien ? Appelle Baba, demande-lui une chose. Ça va vous paraître bizarre à tous les deux mais je m'en fiche, j'ai mes raisons. Demande-lui d'envoyer un chauffeur acheter une paire de Weston de chasse, sur les Champs-Elysées. Pointure : 42. Puis, qu'on nous envoie ça par la voie la plus rapide. Je la veux demain. Demain, tu entends ! C'est capital, je t'expliquerai.

Après avoir raccroché, Boris se tourna vers Mireille.

— Si je te montre un exemplaire des chaussures que tu as vues, tu me dis quoi ?

Mireille sortit en reculant de la salle de bains. Cambrée, poitrine avancée.

— Je te dis : « Tu l'as vu ? »

— Quoi ? murmura Boris avec un sourire en coin. Boris qui connaissait la chanson.

— Mon cul ? gigota Mireille en se tournant. De quoi d'autre veux-tu que je te parle ?

***

A dix heures, Boris redéposa Mireille devant l'appartement de ses parents.

— J'ai le numéro de téléphone, dit-il, je t'appellerai.

Elle se lova contre lui.

— Boris, murmura-t-elle d'une voix de gorge, il y a des moments où tu es vraiment curieux. Est-ce que tu t'imagines que je vais te lâcher ?

Il joua le surpris.

— Je ne comprends pas...

— Mais si, je reste avec toi, je te colle ! Tu piges ? Je te colle ! Je ne te lâche pas.

Il soupira d'un air faux.

— OK, minette, OK, mais va quand même prévenir ta mère.

CHAPITRE VIII

Qui, parmi l'équipage du vol 7128 de 7 h 35 de l'Airbus d'Air Inter Orly Ouest-Marseille Marignane, se serait douté de ce que contenait la boîte décrétée très précieuse de la bouche même du flic qui l'avait remise en main propre au commandant de bord ? Une boîte banale, un peu oblongue, où il pouvait se trouver aussi bien du caviar que des liasses de billets de cinq cents francs. Sauf que c'était un peu trop lourd pour des billets, et même pour du caviar... Alors, on avait rangé la boîte dans un coin du cockpit sans plus se poser d'autres questions. On est habitué quand on est un équipage d'Air Inter, aux colis étranges. Ne serait-ce qu'avec les ministres. Tellement clients pour les transports à l'œil de choses aussi étranges qu'une pendule pour ma tante d'Aurillac, ou un bon de caisse à négocier à Perpignan et pas ailleurs. Le vol fut sans histoire, sans trou d'air, et la boîte n'eut à souffrir en rien de la navigation aérienne au-dessus du paysage français.

A Marignane, comme prévu, un motard la récupéra et se mit à foncer, après l'avoir mise dans une de ses fontes soigneusement bouclée sur la route d'Aix. Puis de Manosque. Ensuite le motard vira à gauche peu après Volx. Fila vers Mane, hésita un peu et décida de prendre à droite, vers Forcalquier et Fontienne.

A 11 h 45, il freinait pile devant *l'Hôtel de Lure* à

Saint-Etienne-les-Orgues et se présentait à la réception, boîte serrée dans les mains comme le Saint-Sacrement.

*
* *

Boris reposa son rasoir Bic sur le rebord de la tablette de la salle de bains.

— Merci, collègue, fit-il. J'ai prévenu le restaurant de l'hôtel. Vous déjeunez à mes frais.

Le motard s'inclina.

— Merci, monsieur.

— Pas de quoi, répliqua Boris, vous avez bossé, vous avez foncé, tout ça est normal.

Quand l'autre fut parti, et qu'il fut resté seul avec Mireille, il tendit vers elle la main qui tenait son rasoir Bic.

— Ouvre la boîte, tu veux ?

Elle fit ce qu'il lui demandait.

— Ah ! s'exclama-t-elle après contemplation des chaussures dans leur nuage de papier glacé. Ce sont les mêmes, exactement les mêmes.

Boris sortit de la salle de bains, tout nu. Merveilleux de silhouette athlétique.

— Tu es bien certaine ?

Elle se pencha.

— Absolument, ce sont les jumelles des chaussures que j'ai vues depuis le dessous du lit, dans le jas.

Boris acheva de se raser.

— Tu as une idée de ce que ça coûte, cette vérification ?

Mireille, assise sur le lit de biais, releva le pinceau dont elle se servait pour se faire de beaux cils bien épais.

— Très cher, sûrement.

La voix de Boris se fit sérieuse.

— Ça va chercher dans les cinq mille, au moins...

Il s'avança.

— Tout ça pour Ange. Pour savoir qui a tué Ange, et pourquoi.

Mireille vacilla.

— Arrête de me parler d'Ange. La nuit du 15 août, pour la fête de Saint-Etienne-les-Orgues, il m'a amenée ici. Dans cette chambre...

— Pardon, murmura Boris, je ne savais pas...

Elle se leva.

— C'est moi qui te demande pardon. J'ai bien compris, va, tu as voulu me faire reconnaître les chaussures. Ça veut dire que tu avais l'idée des chaussures de riche.

— Oui. Des chaussures de riche. Merci, Mireille, tu m'as fait beaucoup avancer.

Elle le fixa.

— Mais pourquoi ?

Il alla reposer son rasoir sur la tablette du lavabo.

— Pour une raison simple, petite. Parmi ceux qui ont tué Ange, il y avait quelqu'un capable de s'offrir des Weston. Et ça veut dire énormément de choses pour moi. Une piste, enfin une piste !

Mirelle se tourna, on frappait à la porte.

— Oui ! fit-elle. C'est qui ?

— C'est Mémé, je peux entrer ?

Mireille écarquilla les yeux : qu'est-ce que c'était qui arrivait ? Une gravure de mode tyrolienne ? A part l'absence du chapeau traditionnel à plume sur le crâne chauve, on aurait pu s'y tromper. Veste pied de poule verte comme les alpages, chemise de flanelle à petits carreaux et cravate jaune tissée de quelques faisans de couleur criarde, pantalon de velours beige côtelé rétréci du bas et bottillons à élastiques, le parfait Tyrolien, du moins dans l'esprit de Mireille.

De son côté, Aimé Brichot l'observait, un peu estomaqué. Mireille était complètement nue. Avec des rotondités à chatouiller déjà l'instinct adultère qui sommeille en tout homme marié.

— Oh, pardon ! s'exclama Mireille. Je ne me suis pas vue.

Elle fonça vers la couverture du lit et s'en enveloppa dignement.

* * *

Aimé Brichot examinait la paire de chaussures. Attentif.

— Bon Dieu, c'est ma pointure, fit-il, gourmand. Du 42.

Boris éclata de rire en enfilant son pantalon.

— J'y ai pensé, figure-toi. Mais minute, coco. Pour l'instant, c'est un objet tabou, cette paire de pompes.

— Et pourquoi donc, mon cher ? Tu t'imaginerais que je n'ai pas œuvré très fort en ton absence sisteronnaise ?

— Tu veux dire quoi ?

— Simple...

Aimé Brichot prit le temps de ménager ses effets et s'assit sur le fauteuil bas à tissu fleuri. Avec un dernier regard en coin vers la couverture que Mireille ne parvenait décidément pas à nouer autour de sa poitrine.

— J'ai appris des choses de mon côté, si tu veux savoir. Des histoires de chasse. Il s'en passe de belles dans le coin.

— Tu vas arrêter de jouer les mystérieux ? lança Boris en passant sa chemise.

— Tu es bien pressé, mon vieux... Bon. Il y a huit jours, une fille a disparu. Une fille de Château-Arnoux, on ne l'a pas revue. Une gosse jolie et un peu chaude, si tu vois ce que je veux dire. Les dernières personnes à l'avoir aperçue sont des chasseurs de Noyers-sur-Jabron. Elle faisait du stop dans le coin. Du stop bizarre. Ils voulaient la prendre, mais elle ne voulait pas. Elle est partie à pied dans la montagne, toute seule.

— Et alors ?

— Alors, on ne l'a jamais revue. Ses parents sont sous calmants depuis huit jours.

— Le rapport avec notre affaire ? insista Boris.

Aimé Brichot observa de biais Mireille.

— Demande lui.

— Mais quoi, à la fin !

Aimé Brichot releva ses lunettes Amor sur son nez.

— C'est simple, nom de Dieu ! Mireille, elle n'a pas été prise en stop, elle aussi, un jour ? On le sait, le chef de brigade d'ici nous l'a dit.

Boris se tourna lentement vers Mireille.

— Toi, tu me caches quelque chose...

Elle le fixait, haletante.

— Je t'en prie, je t'en prie.

Il s'avança et la prit par la taille.

— Allons, parle, petite. Ne serait-ce que pour Ange. On a fait un accord, tous les deux. On veut trouver le ou les assassins d'Ange. Il faut nous aider, tu entends ?

Mireille se tordait dans les bras de Boris.

— C'était l'année dernière, hoquetait-elle. Sur la route de Noyers-sur-Jabron. La BMW s'est arrêtée. Le conducteur m'a promis de me conduire à Sisteron. Il ne l'a pas fait. Il m'a emmenée dans la montagne. Je ne sais pas où.

Elle n'arrêtait pas de pleurer.

— Il m'a violée, hurla-t-elle. Il m'a massacrée ! Je t'ai menti. Ce n'est pas Ange qui m'a dépucelée. C'est le salaud de la montagne !

Boris lui caressait le front, essuyant de la paume la sueur qui inondait le front de Mireille.

— Tu saurais le reconnaître ? interrogea-t-il doucement.

Elle vira vers lui.

— Pardon, Boris, je ne pourrais pas. J'ai trop cherché à oublier. Je ne pourrais pas. Enfin, j'essayerai. Mais ce sera dur.

Boris se rejeta en arrière.

— Il faudra bien que tu essayes... Par exemple, il y a déjà un début dans tes souvenirs. Les chaussures.

Il désignait du doigt les Weston toutes neuves dans leur boîte ouverte.

— Il y en avait un avec des chaussures comme ça, tu me l'as dit.

Mireille parut manquer d'air.

— Oui, finit-elle pas avouer. Celui qui m'a dépucelée, il avait des chaussures comme ça. Exactement comme ça.

Boris se tourna vers Aimé.

— Mon vieux, murmura-t-il, on est tombé sur bien plus compliqué qu'on aurait cru...

Mireille se précipita vers eux :

— Allez voir Camille, au *Lièvre jaune*, sur la route de Noyers, elle vous dira tout !

Ils la fixèrent, figés.

— Camille ?

— Oui... Elle sait tout sur Ange. C'est une ancienne amie à lui. Au temps où...

Elle se bloqua, mangeant subitement sa langue. Boris se rapprocha d'elle lentement.

— Mireille, tu te moques de moi. Et ça fait longtemps...

Elle recula jusqu'au mur qui la stoppa. Nerveusement, elle se mit à renouer la couverture sur ses seins, essayant de regarder ailleurs.

— Mireille, reprenait Boris avec une voix de procureur qui se fait gentil exprès dans le ton, rappelle-toi ce que tu m'as dit peu après qu'on se soit rencontrés : tu ne savais rien du passé d'Ange. Tu ne voulais pas savoir, ajoutais-tu.

Il soupira :

— Je t'ai fait confiance et toi, tu as trahi ma confiance... Allons, je ne t'en veux pas. Dis-moi la vérité maintenant. Ange t'avait tout dit sur son passé.

— Oui, avoua Mireille, visage noyé par ses cheveux. Tout, sauf l'existence de son frère.

— Ça ne m'étonne pas. Bon, mais pourquoi tu ne m'as pas dit le reste ?

Elle se jeta en avant comme une furie secouée de sanglots.

— Parce qu'il aurait fallu que je t'avoue tout le reste ! Le viol, tout ça !... Tu comprends ? Je ne pouvais pas t'avouer. Je ne te connaissais pas assez.

Boris la prit dans ses bras et la laissa pleurer longtemps contre sa poitrine.

— Maintenant, tu me connais assez, tu peux parler. Dis-moi tout. Vraiment tout.

CHAPITRE IX

Charlie Badolini se tourna vers sa femme.

— Viens vite, Suzanne. C'est Boris qui appelle. Oui, il a du nouveau. Enfin, un début. Prends l'écouteur, tu veux ?

Comme ils étaient émouvants, les deux Badolini, Suzanne et Charlie, serrés côte à côte sur leur canapé à l'écoute anxieuse du téléphone !

— Ah, vous avez trouvé le témoin de ses derniers instants... murmurait le chef de la Brigade Mondaine avec la voix lourde, un peu brisée, de quelqu'un à qui, après des dizaines d'années de travail sur le drame des autres, vient d'être à son tour touché par le drame. Il marqua un temps d'arrêt. Et là-bas, à Saint-Etienne, à l'autre bout du fil, jamais Boris n'aurait avoué qu'il avait couché avec Mireille, la jeune maîtresse d'Ange. Même si c'était pour le bien de l'enquête. Pour aider le patron. Jamais il ne lui dirait, et Aimé saurait garder le secret.

— Elle est comment ? hasarda Charlie Badolini.

— Très jolie, patron, vive, pas bête du tout...

— Ah...

Il esquissa un sourire timide.

— Ange a toujours su séduire les jolies filles, mais quand même, à son âge...

L'image du vieil athlète corse si longtemps proxénète

voleta dans tous les réseaux compliqués qui mettent en rapport les postes téléphoniques.

— Qu'est-ce qu'elle a vu, exactement ? reprit-il avec effort.

— Tout, je vous raconterai plus tard.

Il hésita.

— Sauf l'essentiel, les visages.

Il expliqua la position de Mireille lors de l'assaut.

— Mais j'ai quand même un élément capital, patron. Ce n'est pas pour rien que je vous ai demandé cet envoi bizarre par Air Inter et motard d'une paire de Weston de chasse. Mireille a reconnu les chaussures, les mêmes que celles d'un des assassins, vues depuis l'endroit où elle était réfugiée.

« Autrement dit, votre frère a été tué par des notables. Pas par des chasseurs moyens, pas par des braconniers avec lesquels il aurait été en bagarre de braconnage dans la Montagne de Lure. Alors, vous me direz : histoire de droit de passage selon la loi Verdheille. OK, c'est ce qu'a entendu Mireille, qui a reconnu le nom de la loi quand je le lui ai dit. Dans la discussion, le nom a été prononcé, avant l'assassinat. Seulement, je vais vous dire une bonne chose pour commencer, patron.

— Allez-y vite, haleta Charlie Badolini dont l'épouse serrait la main.

— Voilà : vous imaginez des notables, sûrement des gens d'une société de chasse en forme de club du coin, abattre quelqu'un sous le prétexte ridicule d'une affaire de droit de suite sur un gibier ? Pardon, au passage, c'était d'un lièvre qu'il s'agissait. Un lièvre réfugié contre les jambes d'Ange. Ridicule, je vous assure ce sont des chasseurs du niveau zéro, des buses à moitié ivres qui sont capables d'une telle c...rie. Moi je vais vous dire : il y a une autre raison. Ange a dû découvrir un secret.

« Un secret des notables.

« Et ils l'ont tué pour ça. En maquillant le crime en une sombre histoire de loi Verdheille. C'est à la mode, on ne parle que de ça depuis l'ouverture de la chasse, cette année. Rappelez-vous les affaires de Cuers, de Gonfaron et de Plan de la Tour. Toutes les trois dans le Midi, comme par hasard. Même le coup du corps d'Ange traîné par les chiens — excusez-moi, patron, mais il faut bien parler des faits... prouver que ma théorie est la bonne. Je le répète : Ange a découvert un secret capital pour un certain nombre d'hommes, ceux-ci ne peuvent être que des notables. Weston de chasse à l'appui de ma thèse. Ils l'ont tué, comme à Cuers, à Gonfaron et à Plan de la Tour, et puis, pour mieux maquiller les brêmes, pour mieux faire croire à une bagarre façon loi Verdheille, ils ont imaginé ce coup énorme des deux chiens de berger.

Il s'arrêta.

— Vous me suivez, patron ?

— Oui, oui.

La voix de Charlie Badolini était blanche.

— Bon reprit Boris. Il ne doit pas y avoir trente-six sociétés de chasse à se partager la Montagne de Lure et son versant nord, côté Jabron, même si c'est immense, et ça l'est : jamais je n'aurais imaginé que ça soit possible en France, une telle étendue absolument sauvage. Même en Auvergne, côté Aubrac, il n'y a pas ça. A se demander si on ne va pas tomber nez à nez avec une harde de loups dans la montagne. Et les gens sont pareils. Incroyablement rudes et durs. Personne n'a eu l'air surpris du coup des chiens. Ça n'a fait ni chaud ni froid à personne. Avalée la nouvelle. Bon, des chasseurs avaient tué un récalcitrant au droit de passage, puis ils l'avaient attaché à des chiens et alors ?... L'affaire Dominici, à Lurs, c'est tout près... A la Libération, dans le coin, il s'est passé de drôles de choses, succédant à de drôles de choses pendant l'Occupation. Lure est une montagne où des maquis ont vécu peinards des années durant, descendant faire leurs coups dans la vallée de temps à autre et remontant se planquer là-haut. On a parlé du Vercors, les Allemands ont nettoyé le Vercors. Lure, jamais. Tout ça pour vous redire que dans le coin, on ne fait pas de sensationnalisme, excusez-moi, avec la mort de votre frère.

« Ce n'est pas la première mort inexpliquée, loin de là. Même, ils ont refermé le dossier. Depuis le début. Je crois bien qu'ils ne l'ont même pas ouvert.

Il soupira :

— Tout à l'heure, je suis un peu monté sur la route de Lure avec Mémé. Fabuleux, jamais vu ça. La côte bretonne, à Audierne, c'est sinistre par mauvais temps, mais au moins, il y a l'Océan, la vie ! Ici, on voit une montagne énorme, qui monte en pente douce vers des zones où courent les nuages, on a l'impression de retourner à l'époque préhistorique, quand il n'y avait pas de cartes. Pas de distances connues. On se dit qu'on pourrait vivre vingt ans là-dedans sans jamais être vu, comme les maquisards durant l'Occupation. Eh bien, Ange, lui, il vivait de l'autre côté, sur le versant à pic vers le nord, l'ubac, cent fois plus sauvage ! Un territoire où les sangliers galopent à vingt de front, et où il y a encore des aigles.

Il s'arrêta.

— Pardon, c'était pour bien vous faire comprendre l'atmosphère. Bon, qu'est-ce qu'on va faire, Mémé et moi ? Enquêter chez les sociétés de chasse du coin ? Ça va prendre trois ans. Le versant nord de Lure est un endroit d'où les chasseurs viennent de six départements au moins avec des combines pour l'obtention d'une adresse locale, je ne vous dis que ça. Non, on n'arrivera à rien de ce côté-là.

Il marqua encore un temps d'arrêt.

— J'ai beaucoup mieux dans ma manche comme méthode, je vous l'ai vaguement annoncé tout à l'heure.

A l'autre bout du fil, Suzanne se mit à trembler.

— Dites, Boris, dites !

— C'est dur, un peu à cause d'Ange... Il y a un an, avant qu'il la rencontre, Mireille faisait du stop entre Mallefougasse et Sisteron. Un homme l'a prise en voiture, puis prise, au sens violent du terme. Patron, il portait des Weston...

Dans son petit appartement cossu et bien chauffé de Paris, Charlie Badolini se leva nerveusement, emportant avec lui le combiné de son téléphone.

— Alors, c'est facile ! Elle l'a reconnu ! Elle le reconnaîtra de nouveau !

— Pas si facile, Patron. C'était la nuit, il pleuvait, elle avait les cheveux qui dégoulinaient dans les yeux. Croyez-moi, j'ai tout essayé pour obtenir une description. Le dégueulasse ne lui a même pas laissé la chance de le regarder. A peine après l'avoir fait monter, il a pris le premier chemin de terre, trente mètres plus loin, et il a sauté sur elle. Puis, quand il l'a emmenée plus haut dans la montagne, elle était évanouie.

— Au moins, elle a vu les Weston ?

— Oui. Après avoir abusé d'elle dans les cailloux, il s'est amusé à lui marcher dessus. Evidemment, comment voulez-vous qu'elle oublie les chaussures ?... Elle les a doublement reconnues quand je lui ai montré la paire venue de Paris. Les chaussures du violeur. Les chaussures d'un des assassins d'Ange, j'en suis certain.

Il s'arrêta encore.

— Patron, Mireille était amoureuse d'Ange. Il lui faisait merveilleusement l'amour. Il était doux, gentil, elle l'adorait...

Charlie Badolini reprit le contrôle de lui-même.

— Vous allez faire quoi, avec Mémé ?

— Une visite. Demain, on va déjeuner de l'autre côté de la montagne, près de Noyers-sur-Jabron. Dans une auberge perdue, une espèce de relais à chasseurs. Ça s'appelle *Le Lièvre Jaune*, et c'est tenu par une vieille pute de soixante-dix ans appelée Camille. Camille et

Ange étaient très amis. Mireille m'a dit que Camille savait tout d'Ange. Patron, je vous appelle demain soir.

*
* *

A la terrasse du *Ski-Club,* sur la place du Château de Saint-Etienne-les-Orgues. Pascal Gionnino le chef de la brigade local, s'assit à côté de Boris et d'Aimé avec sous le bras un gros dossier à couverture toilée retenue par un lien de tissu noir passé dans une boucle chromée. Dessus, une étiquette style scolaire : « Affaire Badolini. » Ça fit un effet fabuleux à Boris et Aimé de lire ça : « Affaire Badolini... » Le monde à l'envers...

— Qu'est-ce que vous avez là-dedans ? interrogea Aimé Brichot avec entrain.

Pascal Gionnino se tourna vers le garçon.

— Un Fernet-Branca et deux Pernods.

Il croisa les jambes.

— J'ai travaillé, j'ai lu des choses qui pourraient bien vous intéresser.

Il tapotait sa chemise, satisfait.

— C'est quoi ? fit Boris.

— J'ai l'air cloche avec mon dossier à couverture antique, reprit Gionnino mais ça n'empêche pas que je suis capable de me brancher sur des ordinateurs utiles. Résultat : j'ai là la liste détaillée, avec adresses et tout le reste, de chacun des affiliés aux seize sociétés de chasse en activité entre le col de la Croix de l'Homme Mort et Sisteron, des deux côtés de la vallée du Jabron. Deux cent douze affiliés en tout. Et j'ai les photos aussi, regardez !

Il ouvrit sa vieille chemise cartonnée.

— Regardez !

Boris marqua un temps d'arrêt. Un peu honteux, lui qui avait assuré pas plus tard qu'une demi-heure auparavant à Charlie Badolini que les gendarmes locaux avaient déjà classé le dossier de son frère...

Sous les yeux de Boris et d'Aimé, les fiches défilaient, parfaites, sans une erreur. Deux cent douze chasseurs (dont seize femmes). La plupart étaient des notables. Notaires, médecins, rentiers, industriels... Qui portait des Weston de chasse dans ces fiches ?... Autant chercher une aiguille dans une botte de foin.

Le brigadier Gionnino releva le nez au-dessus de son Fernet-Branca.

— Alors, joli travail, avouez !

— J'avoue, reconnut Boris, mais vous avez une idée pour le problème « Weston » ?

— Bien sûr, on va suivre tous ces messieurs et dames, on va observer, et le premier avec des Weston de chasse aux pieds, on te le ramène vite fait bien fait à la gendarmerie pour interrogatoire.

— Sur quel motif ? fit doucement Boris. Il est interdit de chasser avec des Weston ? Et puis, autre chose : de combien d'effectifs disposez-vous ?

— Cinq, reconnut Gionnino, redevenu très modeste.

Boris sourit.

— Mon vieux, je ne dis pas que tout ce travail que vous avez fait est inutile. Surtout, rangez tout ça précieusement. Ça pourra servir. Mais je suis désolé, on n'a pas une division de dix mille hommes avec nous. Vous êtes cinq, on est deux, ça fait sept. Il va falloir employer d'autres moyens.

— Et lesquels ?

Aimé Brichot se releva le nez de l'index au-dessus de la moustache.

— Le pif, Brigadier, le pif.

*
* *

Mireille haletait dans les bras de Boris.

— Ha ! Ha ! Comme ça ! Oui ! Comme Ange !

Il la laissait délirer. Il lui faisait l'amour avec douceur et persuasion, comme Ange. Pour la guérir, pour la ramener à la normalité, dans l'espoir qu'après son viol, puis le vieux de soixante-trois ans, puis lui, Boris, qui n'avait plus vingt ans, elle finisse pas revenir à ce qu'il fallait : les bras d'un garçon de son âge.

Dans la chambre à côté, à l'*Hôtel de Lure*, Aimé Brichot ronflait déjà, lunettes Amor de myope moyen posées sur sa table de nuit. Avant de s'endormir, il avait appelé Jeannette. Tout allait bien du côté de la famille. Juste un petit début de rhume chez Charles, le filleul de Charlie Badolini. Et les jumelles se matraquaient au citron pressé, pour échapper à la contagion.

— Boris, murmura d'une voix morte Mireille après le plaisir, je voudrais venir avec toi, demain, chez Camille.

Il lui caressa son front encore humide.

— Pourquoi pas ?

Il l'observait de biais.

— Tu la connais, Camille ?

Mireille se détourna.

— Bien sûr, Ange m'a souvent emmenée chez elle.

Boris la reprit dans ses bras.

— Tu vois que peu à peu, tu me dis tout...

Elle se lova contre lui, bouche cherchant les poils bouclés de ses pectoraux.

— Tu as encore d'autres choses cachées à me dire ? reprit-il.

Elle enfourna un peu plus son museau dans la poitrine de Boris.

— Non, cette fois, je crois que je t'ai tout dit.

CHAPITRE X

A l'arrière de la 205 de location, Aimé Brichot se sentait mal à l'aise. D'accord, le paysage était fabuleux, d'une sauvagerie incroyable. On se serait cru sur une autre planète. Mais comme c'était angoissant ! Depuis qu'ils avaient quitté Sisteron, et continué leur tour de cette montagne étrange, comme maléfique, ils roulaient sur une petite route au bitume luisant d'humidité. Combien d'heures par jour, l'hiver, le soleil donnait-il dans cet ubac ? Autour d'eux, des formes sinistres comme des maisons du crime, des cultures à ne pas nourrir une famille de deux enfants, et là-haut, à gauche, côté sud, l'énorme pente à pic de l'ubac, avec la zone d'ombre de la forêt escaladant la montagne jusqu'à la ligne moutonnante des sommets, chauve, grisâtre, calcaire. Avec, au plus haut moutonnement, l'inévitable antenne de relais radio et TV. Absolument incongrue dans le paysage, comme une verrue de la « civilisation » dans la nature vierge.

Assise à la droite de Boris, Mireille le guidait. « A droite, là-bas. Tu roules encore un peu, puis à gauche, la pancarte de Valbelle. Voilà... tourne... tu vois l'auberge, maintenant. »

Il était midi et à la même heure, dans des quantités de lieux du monde, Acapulco, Fort-de-France ou Manille, le soleil devait donner à plein. Cogner. Ici, il y avait deux zones de lumière, bien délimitées. A trente mètres au sud de l'auberge dont la cheminée fumait, *L'auberge du Lièvre Jaune,* il y avait une barre noire dans les herbages. Après c'était déjà la nuit. Avec, au-dessus, la forêt en pente, le versant nord de la montagne de Lure. Tout noir, tout ça ! Eclairé seulement l'été. Devant, une zone encore illuminée, pas pour longtemps, deux petites heures encore, et qui, cet hiver, serait éternellement privée de soleil comme le reste. Arbres, herbe, bitume, tout ça suintant d'humidité, incapable de sécher avec trois ou quatre misérables petites heures de soleil d'octobre par jour.

— Chez Ange, c'est où ? murmura Boris.

Mireille tendit le menton.

— Le petit plateau, là-haut, après Valbelle. Tu ne peux pas voir, c'est là-haut.

Elle se détourna, vibrante.

— Allez, on va chez Camille, pour l'instant.

Les pneus de la 205 firent craquer des gravillons. Puis tout ce bruit s'arrêta, une fois le contact coupé. Ils sortirent, saisis par le froid qui atteignait les os.

— Mais c'est coquet ! apprécia Aimé Brichot, très en forme, en remettant de l'ordre dans sa tenue.

Boris referma sa portière.

— Bon, on y va...

Il jeta un regard alentour : ils étaient la seule voiture rangée sur le parking du *Lièvre jaune.*

Arrivés à dix mètres de l'entrée de la construction, ancienne et rénovée à la fois, avec un goût à faire se tordre les mains de désespoir chez les services locaux du respect des sites, ils se bloquèrent. La porte s'était ouverte et trois énormes chiens mâtinés de bergers allemands, de tervurens et de dogues danois fonçaient vers eux babines retroussées.

— Faustin, Macaque, Fleur des Alpes ! Au pied ! Tout de suite au pied !

La voix était celle d'une cantinière des armées napoléoniennes capable d'empêcher le viol d'une gosse surprise par une compagnie de dragons totalement ivres au détour d'un champ après la bataille d'Eylau. Peut-être, tout de même, avec une très légère pointe d'accent du Midi.

Les trois chiens stoppèrent, comme rattrapés vers l'arrière par leurs colliers. Ils firent demi-tour aussi sec et allèrent se lécher les pattes aux pieds de leur patronne.

— Je suis Camille, Camille Titus, articula majestueusement la patronne.

Boris darda ses yeux noirs sur l'être humain qui lui faisait face. Un monstre appuyé sur des cannes métalliques. Enorme, courtaude, devant peser cent vingt kilos pour un mètre soixante. Ventre débordant, poitrine pendante dans sa robe de laine sûrement tricotée à la main. Double menton, visage gonflé, et au-dessus, une raie au milieu, séparant des mèches blanches tirées vers un chignon.

Une cigarette à bout doré pendait aux lèvres. Des lèvres peintes d'un rouge violent. Les yeux étaient très fardés. Aux pieds, des charentaises. Parce que, bien évidemment, on ne pouvait porter rien d'autre aux pieds. Pour cause de rhumatismes, toute autre forme de chaussures aurait été un supplice.

— Je suis Boris, et voici Aimé, fit Boris.

Camille Titus tira sur sa cigarette.

— Vous êtes avec Mireille. Alors, vous êtes des amis. Venez.

C'était fabuleux de voir Mireille rentrer là-dedans ! Comment était-ce possible ? Une fille de son âge perdue dans une auberge qui était une survivance ahurissante ! Elle, à dix-sept ans, amie avec une vieille aventurière perclue de rhumatismes et vivant seule dans un désert !...

*
* *

— Ah, au moins, il fait chaud ici ! s'exclama gaiement Boris. Il se frottait les mains devant le feu pétillant dans la cheminée, observant le décor avec des yeux rapides. D'accord, il faisait chaud, mais qu'est-ce que c'était tragique, le décor de *L'auberge du Lièvre Jaune* à Valbelle ! Des poutres noircies par mille ans de fumaillage de cheminée. Quatre tables de sapin passées au brou de noix. Un éclairage de misère, et une terrifiante odeur de moisissure. Qu'est-ce qui avait bien pu pousser cette femme à venir s'enterrer ici ? Quel était son secret à elle, dans cette masure prétentieusement appelée auberge, dans un endroit où il ne devait faire soleil que deux mois par an ?

— Ricard pour tout le monde, décréta Camille en s'affalant de tout le poids tremblotant de ses fesses dans une chaise trop petite pour elle. Mireille, tu es jeune, fais le service.

Elle ralluma une cigarette :

— On commencera par un peu de saucisson de montagne, puis des pinins, tout frais, bien croquants. Après, un civet de lièvre, je vous devais bien ça avec le nom de mon enseigne. Avec le lièvre, je vous donnerai bêtement des frites. Il paraît que je suis la reine de la frite, selon ces messieurs...

Boris sourit :

— Quels messieurs ?

Camille plongea dans ses yeux d'étonnants yeux verts qui paraissaient lire dans toutes ses pensées.

— Les chasseurs, monsieur, les chasseurs. Aujourd'hui, il n'y a personne, jour sans chasse, les lois. Demain, il y aura foule.

Elle rit :

— Je ne fais que la cuisine, vous savez. Les clients font le service, et la vaisselle. Je ne prends pas cher, je n'ai pas de besoin.

Elle baissa les yeux vers ses chiens, étendus à ses

pieds comme des moquettes molles, museaux à ras de ses béquilles.

— Tout mon problème, c'est de nourrir les chiens.

Elle se redressa, faisant osciller sa poitrine comme de lourdes meules de foin.

— Ah, j'oubliais la suite du menu. Après le lièvre, tomme fraîche, tomme de chèvre évidemment, puis figues, raisin, ou glace. Au choix.

Elle agita le poignet dans son dos.

— Après le café, il y a les alcools. Ça j'en ai beaucoup, je suis alcoolique moi-même, vous ne l'aviez pas deviné ?

*
* *

Dehors, derrière les vitres jamais faites, le parking où il n'y avait que la 205 était maintenant totalement entré dans l'ombre jusqu'à demain dix heures trente du matin. On pouvait voir suinter les cailloux, inondés déjà par la puissance du degré hygrométrique de l'air. Serrés les uns contre les autres sous la chaise de Camille, Faustin, Macaque et Fleur des Alpes ronflaient de conserve. Avec de temps à autre des soupirs « tragiques » de mauvais rêves, et aussi, pas trop souvent, de longs pets mous abandonnés sans vergogne.

La vie des chiens, quoi...

Pour éclaircir un peu l'atmosphère, Boris alluma une Gallia. A côté de lui, Aimé Brichot se resservait du vin, nez et pommettes un peu rouges. Il avait trop bu pour arroser le lièvre, fameux. Avec un goût que n'auront jamais les lièvres de son Berry natal. Un goût de thym, de serpolet. Le goût du Midi, presque un goût avec l'accent !

Mireille, elle, s'était levée depuis longtemps après avoir picoré dans son assiette comme une merlette. Toute son affaire, c'était de trouver une radio jeune au poste. Elle finit par y parvenir, Michael Jackson, évidemment, Michael Jackson... Tellement « phosphorescent » de la voix dans ce vieux décor.

Camille se resservit un petit verre d'alcool de framboise des bois. Un mélange qu'elle concoctait elle-même, et qui devait être un vrai poison à en juger par l'empourprement ahurissant de ses joues.

— Vous voulez essayer de ça? fit-elle avec un raclement de gorge.

Elle fixait Boris avec d'étranges yeux de « jeune fille ». La jeune fille qu'elle avait été autrefois, taille mince et joues creuses, quand elle était belle et bronzée sur les plages du Midi, et qu'elle draguait les beaux hommes, style Ange Badolini...

— Ce sera pour vous faire plaisir, répondit Boris avec le coup d'œil, vers elle, de quelqu'un qui a tout compris.

Camille soupira :

— Ils sont tous aussi jolis garçons que vous, à la Mondaine? Ah, si j'avais quarante ans de moins...

Elle se tourna avec effort, vu ses vertèbres soudées, vers Mireille.

— Heureuse gamine, murmura-t-elle. Vous lui avez fait l'amour, ça crève les yeux...

* * *

— Ange était quelqu'un qui n'a pas de voiture, vous comprenez? fit Camille d'une voix de plus en plus éraillée.

Elle avait depuis un long moment cette voix rauque. Une voix sur laquelle il faudrait bien un jour ou l'autre que tombe la fatalité du cancer tabagique, ou alors c'est qu'il n'y a pas de justice en ce bas monde.

— Il débarquait ici, à l'improviste, très droit. Très beau. A peine transpirant après ses kilomètres de marche. Il s'asseyait là-bas, il prenait son Ricard. Puis c'était comme un rite : une fois seulement le Ricard vidé, il se penchait vers sa gibecière et sortait son cadeau. Toujours le même, un lièvre. Un beau lièvre lourd avec des yeux qui savaient déjà.

— Comment vous êtes arrivée ici? coupa Boris, abrupt.

Camille le fixa.

— Ah, les vraies questions commencent !

Elle lampa encore un petit peu de son alcool de framboise.

— Monsieur le flic, je sais tout de vous. Alors je peux vous parler. Dans les années d'avant la guerre de 40, j'étais une pute assez vigoureuse du côté de Nice. Un jour j'ai eu un joli client, un garçon de vingt ans, timide comme il n'est pas croyable. Vous ne me croirez pas : il avait un phimosis. Il ne décalottait pas. Moi, j'étais pute, j'ai tout de suite vu que, sous le phimosis, il y avait un gland fabuleux. J'ai payé l'opération à Ange, parce que c'était lui, et je ne l'ai pas regretté ! Qu'est-ce qu'il faisait bien l'amour, après, l'ex-petit vierge à phimosis. Bon, j'abrège... Il a fait sa vie. Il a eu ses problèmes et moi les miens. Quand je suis devenue vieille et plus baisable, je me suis retirée ici. Je suis du coin, vous savez... Question : qui m'a payé *L'auberge du Lièvre Jaune ?*

Boris sourit :

— Ange, bien sûr.

— Ange... A l'époque, il était un dieu sur la côte, quelque chose que vous ne pouvez pas savoir.

— Je sais, murmura Boris. Je sais tout sur son passé.

Camille avala encore un peu d'alcool de framboise sauvage.

— Alors, venons-en au fait. Il y a dix ans, j'ai vu arriver Ange. Clodo, sorti de taule. Traqué, venant ici parce qu'il était traqué. Je l'ai nourri. Il a repris cinq kilos. Je lui ai proposé de s'associer à moi. Il n'a pas voulu, et il est parti vers Valbelle. Vers son jas, où il est mort il y a une semaine. C'est tout, monsieur.

Boris la fixait : des larmes perlaient aux yeux de la vieille call-girl reconvertie bistroquère !

— Parlez-moi des Weston, fit-il.

Camille se tourna vers Mireille, qui faisait semblant là-bas de dansotter avec la radio, sans que le cœur y soit.

— Où est le problème Weston ? reprit-elle. Il n'y a pas de problème Weston.

Aimé Brichot se pencha.

— Tout de même, on a une piste, avec cette marque de chaussures.

Camille Titus le fusilla du regard, comme si elle dénudait le père de Rose et Colette, le père de Charles, l'époux de Jeannette, le payeur de traites du F5 du Kremlin-Bicêtre.

— Monsieur le policier parisien, fit-elle en léchant d'une lèvre gourmande son petit verre de framboise, ça n'existe pas le problème Weston, ça n'existe plus.

— Et pourquoi donc ? fit Brichot, au bord de la vexation.

Camille se passa la langue sur les lèvres.

— Parce que vous êtes venus, tous les deux, avec Mireille. Je vous le dis, il n'y a plus de problème Weston.

Aimé Brichot la fixa avec l'œil énervé de l'être normal qui a en face de lui une folle qu'il faudra très vite lier pour l'empêcher de ruiner tous les raisonnements logiques.

— Enfin, tout de même, insista-t-il, l'air triste, j'ai l'air de me répéter, mais on a une piste avec ces chaussures.

Camille Titus le fixa. Ironique.

— Je vais vous parler d'autant plus net, Monsieur Brichot que je vous invite tous les trois aujourd'hui. Si, je vous invite, ne protestez pas, c'est mon plaisir. Les notables susceptibles d'être chaussés Weston me payent assez quand ils débarquent à trente et quarante ici le jour d'ouverture de chasse. Autrement dit, je me sens libre de parler vrai, ce que j'ai toujours adoré, entre parenthèses. Bon, allons-y...

Elle termina son verre, de plus en plus rouge.

— Je sais qui c'est, dit-elle d'une voix émue. Je peux vous donner le nom quand vous voudrez bien l'entendre tous les deux.

Boris se détacha du dossier de sa chaise.

— Bon Dieu, vous plaisantez ou quoi ?

— Pas du tout.

Elle rit.

— Vous voulez le nom ? Là, comme ça ? J'ai bien une idée mais je ne vous la dirai qu'à une condition.

Boris se détourna...

— Je préfère penser que vous plaisantez, sinon, ça relève du chantage pur et simple.

Derrière lui, il eut comme un assaut de pouliche sauvage de Camargue. Mireille fonçait, Mireille se mettait à hurler, exorbitée !

— Crois-la, elle sait ! Camille sait tout, elle ne plaisante pas ! Elle ne te demande rien en échange !

C'était fabuleux, cette explosion subite d'une fille de dix-sept ans dans cette auberge de vieux, où il n'y avait que des vieux, même si Boris et Mémé n'étaient pas si vieux que ça !

Camille Titus, assise sur sa chaise entre ses béquilles comme une reine antique et impotente, eut un léger sourire satisfait.

— On a toujours besoin de plus jeune que soi...

Elle se resservit deux doigts d'alcool de framboise.

— L'homme aux Weston, articula-t-elle lentement, vous vous imaginez peut-être que je sais qui c'est ? Ma réponse est oui... A une chance sur six.

Son rire atteignait l'hystérie. Boris attendit que ça se calme. Il repensait à la liste de Gionnino, le brigadier de Saint-Etienne-les-Orgues.

— A votre avis, reprit-il, ils sont six suspects ?
— Six, jeta Camille. Six exactement.

*
* *

Sur le parking envahi par la nuit tellement précoce, Mireille jouait à pousser des cailloux du bout du pied, sautillant comme à la marelle.

Boris referma frileusement son blouson de cuir. C'était dingue comme le froid tombait ! Qu'est-ce que ça devait être l'hiver !... Quand la neige envahissait, bloquait. Comment Camille survivait-elle, l'hiver...

Camille crapahuta vers lui, épaules relevées tour à tour par la propulsion de ses béquilles.

— On n'a pas encore parlé du frère d'Ange, dit-elle, Charlie.

Boris vira du buste vers elle.

— Ah, vous le connaissez, bien sûr.

— Tu parles, mec. Il m'a sauvé de la taule en 1951. Je m'étais fait avorter. Accident de pute. A l'époque, c'était considéré comme un crime. Charlie m'a tiré de là. Bien sûr, j'ai payé, en renseignements sur le petit monde de Nice. Ah, tu vois, Boris...

Il sourit pour lui tout seul, bouche close. Enfin la vieille prostituée rayée des affaires le tutoyait...

— Je vois quoi ? fit-il, jouant les idiots.

Elle hocha la tête.

— Tu es trop fin, flicard, pour ne pas piger. Je connais tout de la famille Badolini, tout ! Est-ce que tu t'imagines qu'Ange ne me parlait pas de son frère quand il avait bu un coup de trop ?

Boris agita la main.

— Tout ça, ça n'est pas mon problème. Tout ce que je veux, c'est la liste des six.

Camille agita sa béquille droite.

— Tu la veux, ta liste ? Eh bien tu l'auras. Il y a Fouillerot, le notaire. Puis Durand, tailleur à Manosque, et Montbrun, fabricant de pipes à Digne, Pelisson, rentier à Forcalquier, Martin, gynéco à Apt, et enfin Roquette, horticulteur à Volx.

La béquille s'agitait.

— Beau flic aux yeux noirs que je me serais bien envoyé quand j'avais encore de quoi séduire les hommes dans la silhouette, n'oublie pas ces six noms. C'est parmi eux qu'il y a le propriétaire des Weston. Lequel c'est ? Lequel est l'assassin d'Ange ? A mon avis, la question n'a pas d'importance. Ils l'ont tué à six.

Elle se pencha.

— Reste que tu aimerais bien savoir qui a violé Mireille. Dont il est tellement visible qu'elle est ta maîtresse en ce moment.

Elle se redressa, vacillante dans sa graisse.

— Boris, tu n'as plus vingt ans, mais tu as beaucoup, beaucoup plus de vingt ans de moins que moi. Alors, je vais te dire une bonne chose que seules les vieilles peuvent dire. Une révélation. Un truc personnel.

« Viens, approche ton oreille de ma bouche.

Il s'inclina.

— Vous allez me dire le nom de l'homme aux Weston ?

— Non ! Tout juste un soupçon. Mais jure-moi que tu ne le diras jamais à Mireille.

Il se pencha encore et tendit l'oreille. Un murmure lourd de « parfums » d'alcool de framboise sauvage chatouilla son tympan gauche.

Il se releva.

— C'est drôle, Camille, j'avais la même intuition sur le personnage.

— Pour moi aussi, ce n'est qu'une intuition, hélas, soupira Camille.

Boris se tourna vers la 205, où Aimé et Mireille s'étaient installés.

— Qu'est-ce que vous me conseillez de faire ?

Camille lui attrapa le poignet et le serra avec une violence incroyable.

— Tends-lui un piège, fit-elle d'une voix rauque. Ça marchera. Et puis, ça te fera plaisir que ça marche.

Elle le fixait.

— Tu es beau, tu sais, très beau, je ne te dis pas ça pour la frime, je suis trop vieille, mais ça me ferait tellement plaisir, vraiment, beau comme tu es, que tu réussisses un beau coup avec le salaud dont je te parle.

Boris la fixa :

— Comment vous avez trouvé le nom ?

— A la logique, ça ne pouvait être que lui.

— Et pourquoi, bon Dieu ?

Camille se tourna vers la 205.

— Bon, ils attendront bien encore cinq minutes. Rapproche-toi.

Il s'exécuta, troublé.

— Il faut que je te dise, reprit Camille, je tiens un bistrot où des chasseurs viennent. Ils boivent, ils parlent trop, 99 fois sur 100. Ça n'a pas d'intérêt, leurs secrets. Mais une fois sur cent, c'est fascinant. Voilà comment je sais qui tu cherches, avec les complices, les cinq autres de la liste. Viens, penche-toi.

Elle lui murmura à l'oreille quelque chose, longuement.

— Non ! se cabra-t-il, c'est trop dégueulasse.

Camille lui caressa la joue.

— Bonne chance, flicard breton. A toi, maintenant de coincer l'ordure, la véritable ordure.

Elle se détourna.

— Je me rappelle, tu sais, j'avais dix-huit ans, j'ai fait l'amour pour la première fois et évidemment j'ai été enceinte. Ah, le salaud de toubib marron qui m'a fait avorter. Ça a été moins un que je crève ! Je saignais ! Ça n'arrêtait pas ! Il me virait de l'appartement, il me rendait mon argent, il voulait que je disparaisse, que je n'existe plus... Boris, j'ai failli crever toute cette nuit-là, derrière un mur de ferme au-dessus de Nice. Je me vidais de mon sang. A l'aube, ça s'est arrêté, j'ai pu me lever. (Elle rit.) J'avais de la santé, quoi !

A ses pieds, les trois chiens s'étaient mis à tournoyer sur eux-mêmes.

— Tu vois, fit Camille, c'est toujours la même chose quand je reste seule après le départ des derniers clients. Ils commencent à flairer les alentours. L'instinct de la garde...

— Qui vous veut du mal ? s'étonna Boris. Pas les salopards. Ils ont trop besoin de votre auberge.

— Exact. C'est d'autre chose que les chiens veulent me protéger. La solitude. Le spleen de la solitude.

Boris la fixa, remué.

— Vous avez bien choisi de vivre seule.

Camille Titus eut un rire douloureux.

— Qu'est-ce que tu veux que j'aie pu choisir d'autre ?

Les yeux noirs de Boris se faisaient de plus en plus précis.

— On se connaît depuis si peu de temps, fit-il, mais c'est comme si c'était depuis toujours, je n'arrête pas de me poser la question depuis un moment. Excusez-moi, c'est idiot et ça restera entre nous. Mais vous avez plusieurs fois regardé Mireille comme une rivale, pendant tout le déjeuner.

Camille se détourna.

— Tu es fin, toi... Tu as vu juste.

Elle se redressa vers Boris et, l'espace d'un instant, elle lui donna l'impression, malgré toute sa graisse et ses articulations déformées par les rhumatismes, qu'il pouvait deviner sa véritable silhouette d'autrefois, quand elle courait, pesant quarante-cinq kilos, vers les boîtes de nuit du Vieux Nice après que ses parents se soient endormis.

— Ce qu'Ange préférait de moi, murmura-t-elle, c'était ma bouche. Les rhumatismes ne l'ont pas atteinte. Ange venait ici, il y a encore huit jours, pour ma bouche.

Boris fixa les lèvres peintes et fendillées. Remué. Ça, il était sûr que, côté technique, la bouche de Camille devait rester merveilleuse... Mais tout de même.

— Allons, fit tristement Camille, j'ai compris, ma bouche ne te fait même pas envie. Ange aura bien été le dernier.

Boris massacra la boîte de vitesse de la 205 en démarrant. Pur réflexe nerveux après sa conversation avec Camille, qu'il voyait, dans le rétroviseur, faire de lents gestes d'adieu de vieille abandonnée à sa dernière solitude.

CHAPITRE XI

Dans son duplex de trois cent dix mètres carrés donnant sur le cours Mirabeau, à Aix, Marco, le joli maquereau, passait une main attentive sur les fesses d'Eliane, renversée en travers de ses genoux. L'autre main « téléphonait ».

— Je suis désolé, mon cher monsieur, mais il faudra payer un peu plus cher, la prochaine fois. OK, je passe l'éponge pour l'autre nuit, Eliane m'a tout avoué. Pas de paiement en dehors de moi... Affaire classée. Les sommes prévues sont pour moi, demain, de la main à la main, évidemment.

Il accentua sa caresse sur les fesses balafrées.

— Je peux vous permettre un conseil technique ? Vous avez fait du travail d'apprenti. Ce n'est pas un spectacle, ce que j'ai sous la main. Du massacre idiot. Esthétiquement idiot. Monsieur... On ne fouette pas une fille à tort et à travers. N'importe comment. On balafre, vous pigez ? Régulièrement, parallèlement. C'est tellement plus agréable à l'œil, après.

Il contemplait, désolé, les fesses d'Eliane.

— Comment je peux vous dire ? C'est désolant à voir. Désolant.

Il enfonça subitement trois doigts entre les fesses et Eliane se tordit.

— Parallèles, Monsieur ! Parallèles, les coups. Rappelez-vous ça pour la prochaine fois.

Il rit.

— Au fait, c'est quand ?... Ah ! demain samedi. OK. Eliane et combien d'autres ? Les mêmes, les cinq ? OK. Dites-moi, cette fois, vous payez tout d'avance, cela va sans dire.

Eliane se cabrait sous la main qui lui fouillait les reins.

— Tu es une vraie salope, toi, grogna Marco.

Il s'enfonça un peu plus.

— Alors, on aime le fouet ? Ça c'est nouveau ! Tu en veux, du fouet ? Tu en veux bien appliqué ?

Eliane ne répondit pas, visage pendu dans le vide.

— Parfait, tu en veux donc. Lève-toi. Tu vas en avoir, du fouet, du vrai fouet.

*
* *

Aimé Brichot, dans la salle à manger de *l'Hôtel de Lure*, à Saint-Etienne-les-Orgues, tourna la tête vers le juke-box contre lequel Mireille se battait avec des déhanchements saccadés, à dix mètres de lui.

— Comment tu vas le coincer ? reprit-il.

Boris le fixa.

— Tu vas m'aider. Il faut que tu m'aides.

Il se pencha.

— J'ai eu de nouveau Charlie tout à l'heure au téléphone. Excuse-moi, je ne te l'avais pas dit.

« Il a œuvré de son côté. C'est étonnant ce qu'on peut apprendre, depuis Paris, sur la vie aixoise, alors que nous, qui sommes si proches, ne savons rien. Bon, dimanche, les putes d'Aix repartent pour la montagne de Lure, et ce sera le grand jeu. Alors, il y a problème. Comment va-t-on se mettre sur le coup ? Comment va-t-on provoquer l'incident...

Aimé se gratta la moustache.

— Il faut que Mireille s'y rende aussi.

— Comme tu y vas ! Tu n'as pas l'air de te rendre compte ! Elle paraît tenir le coup, apparemment, mais elle est cassée ! C'est une pauvre chose de dix-sept ans qui ne comprend plus rien à rien.

Aimé Brichot remonta ses lunettes Amor sur son nez.

— Il faut ce qu'il faut, Boris. On a besoin d'elle et, après tout, elle est concernée.

Boris rêva dans les volutes maigres de sa Gallia.

— C'est vrai, elle est concernée...

Il soupira.

— Pas beaucoup de gendarmes dans le coin pour parer au coup...

— Pas beaucoup, mais il faut risquer l'affaire. On ne peut pas traîner.

L'éternel problème de flics. Résoudre les affaires le plus vite possible, pour cause de minceur tragique, côté crédits.

— Camille peut nous aider, réfléchit Boris. Oui, j'ai une idée...

*
* *

Au bar de *L'auberge du Lièvre Jaune,* Camille Titus se saoulait scientifiquement, toute seule avec ses chiens. Tout le passé remontait en elle. Ange à vingt ans... Puis Ange après, qui tournait mal et Charlie, le frère qui réussissait, et qui aidait ! Qui l'avait même aidée, elle, Camille, à obtenir son fonds de commerce ici, malgré ses antécédents.

Ce qui l'inquiétait, c'était le flic breton. Elle le savait capable, par pur amour « filial » pour le frère d'Ange, de faire des bêtises, comme de révolutionner, par exemple, l'ordre des choses de la chasse dans le coin. D'accord, il fallait bien que les salauds payent, mais il ne fallait pas que ce soit trop brutal, ni surtout, trop public. Même si elle avait aidé à l'enquête.

Camille soupira et se leva sur ses béquilles. Elle alla

jusqu'à son téléphone et composa un numéro. Celui de *l'Hôtel de Lure,* à Saint-Etienne-les-Orgues, de l'autre côté de la montagne.

— Je voudrais M. Corentin, dit-elle. C'est un de vos clients.

Mireille se tordait doucement, ouverte en travers du lit, sous les mains de Boris.

— Qui c'est encore ? geignit-elle.

Il étouffa l'écouteur de sa paume.

— Camille.

— Ah ! qu'est-ce qu'elle veut encore, celle-là ?

Il se pencha.

— Tu as oublié Ange, déjà ? La vengeance d'Ange.

Mireille se lova de côté, s'arrachant à la main de Boris.

— J'en ai assez. Je t'aime toi, maintenant. Laisse-moi en paix avec mon passé.

Il se pencha encore jusqu'à lui embrasser le creux de l'oreille.

— On est complètement d'accord, tous les deux. Seulement, j'ai un contrat à remplir. Un contrat d'amitié avec le frère d'Ange.

Mireille se cacha la tête sous l'oreiller.

— Ça, je sais ! Le fameux frère à talonnettes.

Boris hocha la tête, et reprit le combiné du téléphone :

— Allô !

— Ah ! ça a l'air duraille côté petite amie, lança la voix altérée par trop d'alcool de framboise de Camille Titus. Bon, j'ai connu ça. Excusez-moi, Boris, mais il fallait que je vous parle.

•

Boris observa, de biais, la merveilleuse silhouette endormie maintenant à côté de lui en travers du lit. Ça avait dix-sept ans, ça avait été violée, ça avait pris pour amant un vieux de soixante-trois ans... Et ça dormait là près de lui, tête enfoncée dans l'oreiller, bouche à demi ouverte, confiante, merveilleusement confiante.

— Mais, vous n'avez rien compris, Camille, je n'ai pas l'intention de faire un esclandre.

— Qu'est-ce que ça peut donner d'autre ?

Il se concentra.

— Camille, je ne vous comprends plus. Vous voulez quoi au juste ? Venger Ange, et Mireille aussi ? Ou vous voulez sauver votre clientèle contre tous les principes que vous m'avez suffisamment énoncés à midi ?

A l'autre bout du fil, la voix se fit de plus en plus rauque.

— Je suis fatiguée, Boris, très fatiguée. Ce matin, en vous attendant, j'avais encore ce côté tout feu tout flamme qui reste de la jeunesse. Ce soir, je ne veux plus rien d'autre que n'avoir plus d'em...des. Vous pouvez comprendre ?

Boris eut brusquement envie d'une bouteille de champagne, dont on fait sauter le bouchon joyeusement. Envie de fête ! De gaieté ! De bonheur ! Il avait quoi, à l'opposé de tout ça ? Une enquête sur une histoire de vieux, avec des vieux pour seuls témoins, et par-dessus le marché, une môme de dix-sept ans dans le lit, serrée contre lui, dont le sommeil lui « criait » : il y en a marre des vieux ! Marre de ce pays mort ! Emmène-moi ! Arrache-moi à tout ça ! Emmène-moi à Paris !

— Allô ! répétait Camille. Allô ! on n'est pas coupés ?

— Non, dit-il d'une voix fatiguée, on n'est pas coupés.

— Alors, poursuis. Tu ne dis plus rien ?

Boris se mordit les lèvres. Comment avouer la vérité ? Et qui était ceci : tout était résolu en théorie. Il ne fallait plus que passer à l'action. Ça prendrait une journée, celle du lendemain, ou celle du surlendemain, il n'avait pas encore décidé. Dans ces conditions, qu'est-ce que voulait au juste Camille ? Revenir en arrière ? Trahir ? Se rétracter ?

— Tu te rappelles Ange ? fit-il, décidant de la tutoyer. Ange à vingt ans... Rien qu'à cause de ce souvenir là, tu vas flancher ?

Il parla longuement, remontant le moral de la vieille tenancière si seule dans son auberge noyée dans la brume d'automne, de l'autre côté de la montagne. Ça dura très longtemps, puis il réussit à la faire rire ! A la faire revenir sur elle-même. Quand il raccrocha, on était remontée, on avait repris du poil de la bête !

Boris se passa la main dans les cheveux : qu'est-ce que c'était dur, la vie... Il se tourna vers la forme rebondie qui respirait doucement, à plat ventre, en croix, à côté de lui dans le lit. Mireille la violée, Mireille la maîtresse d'Ange Badolini...

La forme ultra-féminine eut une légère agitation des reins.

— Tu as vraiment envie de dormir ? questionna Mireille, bouche noyée dans l'oreiller.

Il vibra : les reins de Mireille se soulevaient. Nus, ouverts.

— Ça demande à voir, fit-il, remué.

— A voir quoi ?

— Tu sais bien.

Elle cabra la nuque et éclata de rire.

— Ce que j'adore chez toi, grogna-t-elle, c'est que tu es toujours disponible.

— Pas forcément avec tout le monde, fit-il, modeste. Avec toi, oui.

Mireille se retourna, cuisses et bras ouverts.

— Allez, viens, beau flic, viens, je ne dormais pas.

Il rit :

— Je n'ai jamais pensé ça...

Elle s'ouvrait de plus en plus.

— Je prends la pilule, tu sais, il n'y a pas de risque.

CHAPITRE XII

Assise à sa coiffeuse, Eliane tourna le buste à demi vers l'arrière : on avait tourné la clé dans la serrure, là-bas, à l'entrée.

— Marco ? fit-elle. C'est toi ? Je suis sûre que c'est toi !

Pas de réponse. Eliane se tourna encore un peu, abandonnant son travail : maquiller ses pointes de seins. Elle avait un client dans une heure. A cinq heures de l'après-midi : rendez-vous au bar de l'hôtel du *Roy René.* Un client hebdomadaire, le client du vendredi... qui ne la prenait pas forcément à chaque fois, mais dont le rendez-vous exigeait une longue préparation, avant. A cause de ses fantasmes vestimentaires. Auxquels Eliane se pliait d'autant mieux qu'il payait toujours rubis sur l'ongle.

Eliane était nue sur son pouf bas face à sa coiffeuse. Une simple tablette de verre chargée de tout son nécessaire à cosmétiques et à parfums, et fixée par des vis de cuivre dans une haute glace où elle se voyait tout entière.

— Marco ?... insista-t-elle, vaguement inquiète, tout à coup.

Elle soupira, soulagée, au bruit des talons hauts sur une zone de parquet entre deux tapis.

— Ah ! c'est toi, Daisy ! Tu m'as fait peur. Mais d'abord, comment es-tu entrée ? Seul Marco a la clé.

Daisy s'assit à côté d'elle, petite brune gaie dans sa robe froufroutante.

— C'est Marco qui m'a donné la clé.

— Tu aurais pu quand même frapper, reprit Eliane en recommençant à s'enduire la pointe du sein droit avec un petit pinceau qu'elle trempait de temps en temps dans un pot de pommade mi-liquide, mi-gel, brillante, très sombre.

Eliane se cabra un instant, bouche mordue.

— Ah... murmura-t-elle.

Daisy se pencha.

— Tu as l'air d'avoir mal, qu'est-ce que c'est ?

Eliane la regarda doucement.

— Marco te fera essayer ça un jour ou l'autre. Un truc qui ne sert pas seulement à farder les seins. Ça pénètre. Comment te dire ? Ça entre dedans, ça chauffe, ça fait gonfler. Quand on l'applique, ça brûle, c'est presque pénible. Après, c'est agréable, on a l'impression qu'une main invisible vous caresse les seins, et le ventre aussi. Après les seins, d'ailleurs, je vais en mettre sur le ventre, sur les lèvres du ventre.

Elle se cabra, rieuse.

— C'est américain. Marco a rapporté ça de son dernier voyage à New York.

Daisy se penchait, curieuse.

— C'est vraiment agréable ?

— Très, je te l'ai dit.

Daisy se mit à rêver.

— Tu crois que Marco m'en donnera ?

Eliane haussa les épaules.

— Tu le connais, il faudra payer pour y avoir droit.

— Payer ?

— Oui, donner quelque chose à Marco, en échange.

— De l'argent ?

— Non, idiote. Ça, il nous prend déjà le max.

Elle rit :

— Arrête de jouer aux crétines. Tu sais bien ce que donner quelque chose à Marco signifie ?

La petite brune alluma nerveusement une cigarette.

— Je sais...

Un ange passa, muni d'un braquemard à la taille exacte de celui de leur seigneur et maître. Un objet énorme, digne d'un âne, et dont le réceptacle préféré se situait dans la partie pile de l'entrejambe, pas la partie face.

— Il a bien fallu que je négocie, reprit Eliane, qui tirait la langue tout en poursuivant son travail. Le droit à la pommade, ça a un prix précis, chaque fois.

Daisy étudiait, fascinée, la fabuleuse accélération de turgescence des pointes de seins d'Eliane.

— Qu'est-ce que ça te va bien, avoua-t-elle. On dirait que ça se transmet dans toute la masse des seins, que ça les fait se dresser tout entiers.

— Exact. On a la même impression que quand ça poussait, à quatorze ans, et d'ailleurs, ça pousse ! Depuis un mois que je mets du produit, j'ai pris cinq centimètres de tour de poitrine.

Daisy aspira une nouvelle bouffée :

— Moi qui ai des petits seins, il va falloir que j'y passe, avec Marco...

Eliane tournait l'extrémité de son pinceau dans le pot.

— Finalement, c'est très supportable.

Daisy se leva, pour changer de sujet, et elle alla mettre la radio. Un truc déchaîné. Elle se rassit à côté d'Eliane.

— Au fait, reprit celle-ci en rejetant les bras en arrière et en se cambrant pour s'examiner dans la glace, pourquoi tu es venue ?

Daisy se détourna.

— Marco m'a demandé de t'emprunter un corset.

— Lequel ? tiqua Eliane qui avait horreur de prêter ses affaires personnelles, même à une copine.

— Il paraît que tu as un corselet de cuir très serré, avec un busc sur le côté et un laçage dans le dos.

— Ah bon, murmura Eliane, j'avais peur que ce soit l'autre.

— Quel autre ? fit Daisy, curieuse, en éteignant sa cigarette dans le cendrier.

— Celui d'acier.

— D'acier ?

Eliane la fixa :

— Ne fais fonc pas tellement l'étonnée ! Eh oui, il y a des corsets d'acier, ça existe.

Elle referma son pot de fard spécial.

— Tiens, tu tombes bien, tu vas m'aider à le mettre. Mon client du vendredi me veut toujours avec ça.

Daisy ne l'écoutait plus, soudain rougie des pommettes. Bêtement, à force de se voir nues les unes les autres, elle n'avait pas fait attention au corps d'Eliane en entrant, et subitement, elle voyait : les fesse d'Eliane étaient balafrées de cinq épaisses marques brunes, parallèles. Et par endroits, la chair avait éclaté, laissant des zones de sang durci.

— Mais qu'est-ce qu'il t'est arrivé ? s'exclama-t-elle, sidérée. Tu as eu un Arabe pour client ?

Eliane se leva et s'en alla, dansante sur ses mules surélevées vers le placard à sa droite.

— Mais non, idiote, c'est Marco.

Elle posa la main sur la poignée dorée de la porte du placard.

— Il m'a punie, hier, ici. J'avais un bâillon dans la gorge, bien sûr. Tu penses, avec les voisins...

La petite brune haletait.

— Je ne comprends pas, avouant ce qui la surprenait le plus. Il t'a punie de quoi ? Marco a le droit de te punir ?

Eliane ouvrit le placard et se pencha pour tirer le tiroir du bas. Ses fesses balafrées s'offrirent, insolentes. S'offrirent encore plus.

— Ah, ça y est, je l'ai trouvé, fit-elle.

Elle se retourna, seins balancés avec leurs pointes incroyablement dressées, presque noires à force d'être rougies. Elle jeta vers Daisy le corset de cuir.

— Prends ça, et rapporte-le-moi vite, j'en ai besoin.

Daisy attrapa le corset et la bague de son annulaire gauche tinta contre le métal du busc.

— Tu en as besoin pour quoi au fait ? reprit Eliane, qui sortait du tiroir un nouveau corset, dont Daisy ne pouvait détacher ses yeux : une incroyable chose métallique, avec des rivets de métal bruni. Ça cliquetait. C'était fait de plusieurs plaques verticales moulées à la forme d'un buste féminin. Quatre anneaux pendaient sur le devant et sur le côté, avec des chaînettes au bout en forme de jarretières. Derrière, côté droit de la partie dorsale encore ouverte, il y avait des crochets du même métal bruni que les rivets. Il devait falloir vraiment rentrer le ventre et faire saillir les côtes pour mettre ça et pouvoir refermer les crochets dans leurs logements...

Eliane posa doucement le corset de métal sur un pouf, où il tint debout tout seul.

— Tu n'as pas répondu à ma question, reprit-elle. Pourquoi Marco a-t-il besoin du corset de cuir pour toi ?

La petite brune regarda ailleurs.

— Allez, dis, murmura Eliane. Je peux tout entendre.

Daisy se courba.

— Il m'a eu un rendez-vous à sept heures, ce soir, avec le directeur de la SIOT. Tu sais, cette entreprise d'ordinateur installée à Aix depuis trois mois.

Eliane éclata de rire.

— Tiens, c'est ton tour ! Je le connais bien, celui-là. Un autre adepte des corsets.

Elle releva les mèches flottantes de Daisy.

— Est-ce qu'on t'a dit que le directeur de la SIOT est un photographe amateur patenté ?

Daisy n'arrivait pas à relever le menton.

— Oui, Marco me l'a dit.

Elle frémit :

— Eliane, je n'ai jamais encore été photographiée. Au moins, est-ce qu'on a le droit de se cacher le visage dans les cheveux ?

Eliane hocha la tête.

— Tu as vraiment tes dix-huit ans tout crachés... Mais, petite pute neuve, c'est le visage qu'il voudra surtout photographier, ton directeur, pendant qu'il te fera prendre des poses dures ! Le visage...

Daisy fut parcourut d'un lent frémissement des épaules.

— On pense quoi, quand on vous oblige à montrer le visage ?

Eliane lui releva le menton avec l'index droit.

— Tu as posé la question, c'est donner la réponse. Donne-la.

Daisy sourit timidement.

— J'imagine assez bien : on doit être partagée entre la honte et la fierté.

— Eh oui, mignonne, la honte et la fierté mélangées, le lot des putes... Viens, aide-moi à agrafer mon corset, je vais être en retard.

Elle rit :

— J'arrive toujours un peu en retard, c'est dans le contrat. Mais au bout de dix minutes de retard, il faut que je rembourse cinq cents francs par minute. Alors, tu parles, je fais gaffe au timing.

***

Devant Daisy, Eliane haletait, seins exhaussés, taille cambrée, hanches saillantes.

— Aoh ! grognait-elle. C'est dur quand même. Elle se releva et se dirigea vers sa penderie. Il s'agissait maintenant de s' « habiller » selon les désirs précis et méticuleux du client.

— Eliane, murmura Daisy, qui jouait entre ses doigts avec son corselet de cuir, tu ne m'as pas répondu tout à l'heure... Pourquoi Marco t'a-t-il punie au fouet ?

Eliane enfilait une robe de lamé verte, très collante, qui avait deux particularités. Une, elle dégageait la masse des seins, deux elle était fendue sur le ventre.

— Pas au fouet, ma chérie, à la cravache, à la cravache mouillée sous le robinet.

Daisy eut envie de se ronger les ongles comme quand elle était adolescente et qu'elle réfléchissait aux insurmontables problèmes de l'existence.

— Tu ne réponds pas à la question...

— Ah, qu'est-ce que tu es curieuse, toi ! s'exclama Eliane en gigotant de fesses pour bien lisser à deux mains sa robe de lamé cochonne autour de ses hanches au-dessous du corselet de métal, mais, ma chérie, Marco m'a punie parce que j'avais commis une bêtise.

Elle sourit tendrement.

— J'ai essayé de le blouser avec des clients chasseurs. Du côté de Lure. Il a pigé le coup. Il m'a cravaché. Au sang. Il a eu raison...

Elle vibrait.

— Toi aussi, tu feras des erreurs avec lui. Il les devinera, et te cravachera au sang, et...

Elle se cabrait, dévorée par l'envie de caresser ses seins exaltés par le produit, et les lèvres de son ventre tuméfiées.

— Et tu l'aimeras plus, tu lui obéiras plus.

La petite brune rallumait une cigarette.

— Tu as fait exprès de commettre une erreur ? Pour être punie ? Tu avais envie d'être fouettée ? Comment peut-on avoir envie d'être fouettée ?

Eliane trottina sur ses talons aiguille jusqu'au placard d'en face, dont elle sortit un manteau d'astrakan.

— Chaque chose en son temps, petite !

Daisy se leva, pour l'aider à boutonner son manteau.

— Tu veux dire que j'y viendrai à l'envie de commettre une erreur pour?...

Elle baissa la tête.

— Pour avoir le droit à la cravache?

Eliane vira vers elle, dansante, après avoir attrapé son sac et ses gants sur une table basse.

En bas, un taxi klaxonnait poliment.

— Désolée, fit-elle on reprendra cette conversation intéressante un autre jour.

Elle sourit, lèvres gourmandes.

— Pose devant l'objectif, ouvre bien tes fesses. C'est ce qu'on te demandera. Ça n'est rien, tu sais!

Elle vibrait de toute son échine en partant sur ses talons hauts, très Marilyn Monroe.

— Le plaisir, fit-elle, c'est d'être désirée, n'oublie jamais ça.

Elle s'en alla, fermant la porte derrière elle d'un geste alerte. Et il ne resta plus d'Eliane, dans le studio où Daisy était venue chercher un corselet de cuir qu'une odeur traînante de Chanel n° 6. Le parfum que le client du vendredi préférait chez Eliane.

Daisy se leva, soupirant, traversée de pensées contradictoires. Il y avait six mois, elle pointait encore à l'ANPE d'Aix, puis un jour, un grand brun aux yeux de feu était arrivé dans son dos. Marco.

— Vous êtes jolie, avait-il lancé, direct, qu'est-ce que vous vous emmerdez à chercher un travail idiot? J'ai mieux à vous offrir.

Trois heures plus tard, après lui avoir fait l'amour comme jamais son dépuceleur de copain de lycée ne lui avait fait l'amour, il la livrait à des Arabes, dans un hôtel sordide de la rue Giono. Elle s'était débattue comme une folle. Elle avait hurlé. Ils l'avaient violée comme un animal. A la fin de la nuit, elle s'était rendu compte que Marco disait vrai dans ce qu'il répétait : « Tu es faite pour être pute ». Elle lui avait embrassé les mains, l'aube se levait sur une rue balayée par le mistral.

Le loquet de la fenêtre tintait contre son logement sous l'effet du vent.

Marco lui avait demandé de se prostituer pour lui. Et elle avait dit oui. Passionnément. Elle s'appelait encore Ginette, et il l'avait rebaptisée Daisy, juste parce que, brunette, elle avait les yeux bleus.

*
* *

Daisy alla chercher à la cuisine un sac plastique pour ranger le corset de cuir. Puis elle resserra la ceinture de son imperméable. Des idées la traversaient : la cravache, une manière spéciale pour Marco de prendre les filles...

Et le plus étonnant : la gaieté d'Eliane, Eliane cravachée !...

Elle vacilla sur ses talons aiguille.

— Ha ! Ha...

Il fallait repartir, se préparer elle aussi pour son rendez-vous à elle du soir.

Le téléphone grésilla soudain à côté du lit matelassé de rose d'Eliane.

Daisy alla décrocher, sûre que c'était Marco.

— Allô, fit une voix grave, profonde et douce à la fois, une voix que la toute jeune expérience de pute de Daisy flairait au quart de tour comme la voix d'un homme, un vrai.

— Allô ? fit-elle, troublée, qui êtes-vous ?

Silence.

— Je veux Marco.

Elle rapprocha le combiné de ses lèvres.

— Marco n'est pas là.

— Ah ? Il est 16 h 30, il m'a dit qu'il serait à ce numéro de téléphone à 16 h 30...

Daisy prit une longue inspiration.

— Je suis désolée, monsieur, il n'est pas là.

Au même moment, la clé tourna derrière elle dans la porte du studio d'Eliane.

— Ha, s'exclama Daisy, une seconde, voulez-vous ?

Elle reposa le combiné sur la table de nuit.

— Marco, murmura-t-elle, Marco... Non !...

Il lui faisait signe de la main de faire quelque chose et le signe voulait dire : « Enlève tout. »

Elle s'exécuta, matée.

« Tout ! » reprit la main impérieuse.

Daisy enleva aussi ses chaussures.

Marco alla jusqu'à la table de nuit et prit le combiné, dont il couvrit la partie parlante de la main.

— Mets le corset pendant que je parle au monsieur.

CHAPITRE XIII

Marco avait repoussé derrière lui la porte de la chambre.

— Qu'est-ce qui t'amène, Boris ? fit-il avec entrain en collant l'écouteur à son oreille. Tu as besoin de moi ?

A l'autre bout du fil, la voix de l'inspecteur divisionnaire Boris Corentin, de la section des Affaires Recommandées de la Brigade Mondaine, se fit très « soft ».

— Oui, j'ai besoin de toi. Juste retour des choses, non ?

Marco serra les mâchoires, c'était vrai, ce que disait le flic. Trois ans plus tôt, ici même, à Aix, Boris Corentin lui avait « sauvé la mise » sur une sale affaire, contre renseignements, bien sûr. Un « blanc » comme il disait, mais il lui avait sauvé la mise... Ça ne s'oublie pas...

— Voilà de quoi il s'agit, reprenait la voix grave. J'ai un compte à régler pour quelqu'un qui m'est très important, ne me demande pas qui, je ne te le dirai jamais. Samedi soir, demain soir, tu envoies quelques filles dans un jas de la montagne de Lure, le jas de Miravail. OK, pour l'envoi des filles, mais voici ce que je te demande...

C'était dur, de la part de Boris, à l'autre bout du fil, de demander un service à un mac, mais quel autre moyen avait-il de tenter de résoudre l'affaire Badolini ?

— Il y a une partie de chasse au lièvre, dimanche, à

Lure. Tu vas y venir, avec au moins trois amis. Attention, des amis qui aient l'air bourgeois. Comme tu devras, toi-même, avoir l'air bourgeois. Je veux des gens qui n'aient pas froid aux yeux, qui soient capables de tirer s'il le faut, et pas seulement sur un lièvre. La société de chasse s'appelle la SARL, ça ne s'invente pas, c'est comme ça, la Société d'Activité de Recherche et de Limitation. Pourquoi « Limitation » ? Ne me le demande pas. Je n'en sais rien, mais c'est comme ça. J'ai mes raisons de te demander de venir jouer les chasseurs avec tes copains, je t'expliquerai après.

Marco se gratta la gorge.

— OK, Boris, tu m'as sauvé la mise un jour, je te dois bien un coup de main.

Il rit :

— Les filles qui viendront sont super, tu sais ?

Boris Corentin soupira.

— J'en suis sûr, mais la question n'est pas là. Ce qui importe pour moi, c'est que tu débarques avec trois types à qui je puisse faire confiance, côté gachette. Trois types à qui je puisse faire confiance, côté gâchette. Trois dire ?

Ça, il voyait, Marco ! Il pigeait au quart de tour ! Il avait une occasion de rendre service à la Brigade Mondaine. Ça ne se rate pas !

— Il s'agit de quoi, dans le détail ?

Boris expliqua. Une partie de chasse, dimanche, qui partait du col de la Croix de l'Homme Mort, à l'ouest de Lure. Une chasse au lièvre, avec chiens courants. Il y avait une participation financière à l'appui ; deux mille francs de mise par chasseur : celui qui tuerait le lièvre ramasserait toute la mise totale. Non, ce n'était pas lui qui avait eu l'idée ! Il s'était branché sur le coup, voilà tout !

— Pourquoi ? fit Marco.

Boris marqua un temps d'arrêt.

— Je veux venger quelqu'un.

Marco se redressa.

— Ça me va, l'idée de la vengeance. Parlons détails techniques, maintenant.

Daïsy toussota timidement dans le dos de Marco.

— Il faut que j'y aille. Excuse moi, je ne sais pas l'adresse.

Marco éclata de rire.

— Boris, moi aussi j'ai des problèmes techniques. Donne moi une petite minute.

Il posa le combiné de son téléphone.

— Approche, fit-il.

L'autorité naturelle de la voix fit se précipiter Daisy.

— Montre toi.

Avec une précipitation dans l'obéissance qui lui faisait trembler les mains, elle déboutonna son manteau. Une jolie chose en drap bordeaux venue de la succursale marseillaise de Franck et Fils à Paris. Marco s'en tenait à une règle de base avec ses filles : à part, bien sûr le maquillage et les très hauts talons, toujours de très hauts talons, elles devaient être ultra-convenables d'aspect extérieur. Capital. Un de ses traits de génie, une prescience qu'il avait depuis longtemps et qui ne cessait de se vérifier : le retour au « convenable » de l'érotisme, la nécessité absolue pour les putes d'abandonner l'appel vulgaire du sexe, tenues provocantes, décolletés outrés, et le reste... Encore quelque temps, et il les habillerait en bourgeoises, carrément, mais en bourgeoises bien sûr, dénudées dessous ! Seins, ventre et fesses offertes au plus rapide des déboutonnages !

Il observa Daisy, trois fois, du regard. Docilement, elle s'était montrée comme il le fallait, manteau ouvert à deux mains, seins nus sortis, offerts au-dessus du corset de cuir, et, au-dessous, la douce fourrure pubienne, présentée, hanches rejetées en avant, cernées par les attaches noires du porte-jarretières tirant très haut les bas de nylon gris translucide.

— Va, fit-il, ton rendez-vous est au 7, place des Tanneurs. Au deuxième étage.

Il sourit, l'air très bon.

— Tu feras tout ce qu'on te dira de faire, tout. Mais n'oublie pas ; les deux mille francs avant. Avant !

Il fit signe à Daisy qu'elle pouvait se reboutonner.

— Tu en as jusqu'à dix heures, pas plus tard. A dix heures trente, tu dînes avec moi, aux *Caves Henri IV*. Va.

La porte se referma sur Daisy. Il reprit le combiné.

— Je peux te rappeler où, Boris, et quand ? Il me faut tout de même un peu de temps pour organiser tout ça.

A l'autre bout du fil, Boris Corentin se mit à rire.

— Je suis à *l'Hôtel de Lure,* à Saint-Etienne-les-Orgues, voici le numéro...

Marco nota :

— Pourquoi tu ris ?

— Parce que, mon vieux, tu m'amuses avec ton problème de délai d'organisation. Tu as tout pigé depuis très longtemps.

— Ça c'est bien vrai, reconnut Marco, tu veux qu'on soit combien, j'ai oublié ?... Trois ? OK, on sera trois... Non, pas de problème pour l'intrusion dans la société de chasse. Tu parles, il y a longtemps que je fais partie d'une société de chasse à Lure avec quelques amis : le seul problème, ce sera toi et ton ami. On règlera ça, on a droit à des invités, non ? Tu veux ça pour quand rappelle-moi ?... Dimanche à l'aube... OK on y sera. Le col de la Croix de l'Homme Mort ? Je connais, mais je te retéléphone quand même, demain moi à sept heures. D'accord ?

*
* *

Assise en face de son client dans une zone d'ombre de l'hôtel du *Roy René*, Eliane ouvrait son manteau. Dans son dos, les serveurs allaient et venaient. Pour tous autres consommateurs, il n'y avait que deux rombières prenant le thé et un couple d'amoureux de passage. Des Hollandais cocasses, qui se regardaient yeux dans les yeux en roucoulant.

— Ah, fit le client, le corset...

Eliane était bien cambrée en face de lui dans l'ouverture de son manteau. Les plaques de métal rivetées qui lui serraient le buste et le ventre sous la poitrine luisaient dans l'éclairage soft. Elle présentait bravement ses seins aux pointes dressées et gonflées par le produit.

L'homme avança la main au-dessus du Vichy-fraise d'Eliane et caressa les pointes, tour à tour, d'un geste furtif. Puis il glissa les billets entre chair et peau, sous le corset de métal, juste en dessous du milieu des seins.

— Referme ton manteau, fit-il. Aujourd'hui, on va à la campagne.

Il appela le garçon. Il paya et s'en allèrent. La BMW roula une bonne demi-heure vers la montagne Sainte-Victoire et s'immobilisa enfin sur un chemin de terre.

— Tu auras cinq cents de plus, personnels, fit l'homme avec une voix de gorge tandis qu'Eliane ôtait son manteau, si tu es très obéissante.

*
* *

Au même moment, au deuxième étage du 7, place des Tanneurs, Daisy prenait des poses sur un tabouret de cuir, toute nue, sauf son corset, ses bas et ses escarpins surélevés. En face d'elle, un nabot monstrueux, quelqu'un dont elle savait qu'il était notaire du côté de Manosque. Marco disait toujours aux filles qui étaient leurs clients. « C'est meilleur, expliquait-il, d'obéir à quelqu'un dont on sait l'essentiel. » Par exemple, dans le cas précis, que le nabot, maître Joseph Fouillerot, louait dans l'arrière-salle ce studio-photo pour s'amuser à jouer aux rois de la pellicule.

— Tu vas te caresser ! jeta Fouillerot d'une voix sourde.

Daisy se cabra.

— Non ! Ce n'est pas prévu...

Fouillerot s'avança, tenant son Olympus d'une main. Dans l'autre, il avait un billet de cinq cents francs.

— Caresse-toi, reprit-il.

Daisy rabattit son visage dans sa gorge. Et elle obéit.

*
* *

A dix heures et demie, aux *Caves Henri IV*, Marco referma le menu. Il venait de donner la commande pour tout le monde. Saumon fumé et rognons de veau grillés roses pour lui, le tout arrosé d'un Mouton-Rothschild 1978. Salade de tomates et steak salade avec une bouteille d'Evian pour les deux filles assises en face de lui. Eliane et Daisy. Humblement assises côte à côte en face de lui.

— On va parler affaires, fit-il en entamant son premier verre de vin. Demain, samedi soir, je vous accompagne à Lure. Je serai de la partie.

Eliane servit de l'eau à Daisy. Puis elle se servit. Jamais Marco ne servait à boire à une de ses filles. De la même façon qu'il commandait toujours ce qu'elles auraient à manger, sans leur demander leur avis. Et c'était toujours ce qu'il y avait de plus « régime » au menu. Jamais de vin. Et au dessert, jamais de sucreries ni de gateaux. Pas de dessert, tout simplement. « C'est mauvais pour le teint », leur avait-il expliqué. C'était pareil avec le tabac. Les cigarettes étaient strictement interdites, pour la même raison : « Mauvais pour le teint ».

Marco reposa son verre.

— Tout à l'heure, quand je suis arrivé chez toi, Eliane, ça sentait la cigarette. Qui a fumé ? Toi ? Daisy ? Je veux la vérité.

En face de lui, elles fixaient leurs assiettes de tomates...

— C'est moi, finit par murmurer Daisy. Pardon...

Il y eut un long silence.

— Tu sais que j'ai horreur qu'on désobéisse, reprit Marco. Tu le sais depuis toujours. Alors, si tu as désobéi, c'est que tu as une raison.

Daisy pâlissait.

— Non, je vous assure.

— Mais si, petite idiote, tu savais que je viendrais, et que je sentirais la cigarette. Alors quoi ? Tu as cherché la punition ?

— Non... balbutia Daisy.

— Mais si ! Est-ce que tu me prends pour un imbécile ? Bon, à quoi tu pensais, comme punition ? Dis ! Dis-le !

Daisy était incapable de répondre.

— Moi, je sais, lança gaiement Eliane. Vous ne l'avez jamais cravachée, elle en a envie.

Les dents de carnassier du maquereau aixois s'exhibèrent dans un joli sourire franc et massif.

— Ah ! c'était donc ça...

Il se pencha vers Daisy.

— Petite folle, dit-il doucement, tu sais ce que ça signifie, la cravache ? Demande à Eliane. Ça fait très mal, tu sais, surtout quand c'est une autre pute qui te l'applique.

Il se releva.

— Après le dîner, on rentrera chez Eliane tous les trois, et Eliane te cravachera. Tu ne seras pas la première. Elle sait très bien faire ça. Tu la supplieras d'arrêter. Tu la supplieras vraiment, et elle poursuivra, sans t'écouter. A t'enlever à jamais l'envie de fumer. Est-ce que tu as vu Eliane fumer ? Jamais la cravache lui en a fait passer l'envie, mais elle a stoppé. Mes putes, ça ne fume pas, ça ne boit pas d'alcool, ça mange régime.

Il s'arrêta : le serveur lui apportait ses rognons de

veau. Fumant délicieusement. Puis le serveur disposa les deux steak-salade, sans aucun assortiment, selon la commande, devant Eliane et Daisy.

— Je n'ai plus faim, balbutia Daisy. Je ne peux pas...

Eliane lui prit la main.

— Mange, fais un effort.

Daisy la fixa de côté avec un petit sourire triste.

— OK, je vais essayer.

***

C'était peu avant minuit dans le studio d'Eliane. Celle-ci était nue, toujours en corset, bas et talons aiguille, comme Daisy. Elles faisaient le service des alcools pour les deux hommes. Marco et le notaire Fouillerot. Arrivé à l'improviste avec des photos encore tout humides qu'il avait lui-même tirées dans son petit labo de la place des Tanneurs.

Daisy...

Daisy dans toutes les positions. De face, de profil, de trois quarts, Daisy à genoux, Daisy la croupe offerte, ouverte à deux mains.

— Joli, appréciait Marco. Vous m'en donnerez des doubles pour ma collection ?

— Bien sûr, s'empressa Fouillerot. Et si vous voulez, je peux en faire une autre série. Confiez-la moi dans la montagne, ce sera cocasse.

— Pourquoi pas ?

Marco retendit la main vers un cliché, où Daisy posait, de trois quarts, à genoux, seins soulevés à deux mains. Bouche ouverte et yeux clos entre ses mèches de cheveux vers l'objectif.

— Je n'ai pas encore fait l'album de Daisy, commenta-t-il. Je mettrais bien ça en première page.

Toutes les filles de Marco, à partir d'un certain moment, avaient leur album. Pour les clients. Celui d'Eliane traînait toujours sur sa table de nuit. A consulter quand on voulait. Un bel album odieux. Avec des pages de strip-tease et d'autres plus « délicates », franchement pas publiables. Quand elle recevait un client chez elle, Eliane avait ordre, avant toute chose, de demander au client de bien vouloir ouvrir l'album. Pour que le client sache tout de suite à qui il avait affaire. En plus, à l'issue de la succession des clichés en papier glacé, il y avait un petit texte, où il était décrit tout ce qu'il était possible de faire avec elle, et ça allait très loin... Beaucoup plus loin que sur les textes des autres filles de Marco. En particulier au sujet de la cravache.

***

Marco parut réfléchir, et en fait, il réfléchissait. A la partie de chasse de dimanche, qui allait sans doute mettre fin à toute une clientèle, pour cause d'amitié avec un flic de la Brigade Mondaine à qui il était redevable d'un service...

— Maître Fouillerot, dit-il lentement, je suis sûr que vous avez votre Olympus avec vous.

— Toujours ! s'empressa le notaire.

— Il est chargé ?

— Evidemment.

— Parfait, il faut que j'administre une petite punition à Daisy. Tout de suite. Si vous voulez bien être des nôtres, faites marcher votre Olympus.

***

Bâillonnée, entièrement nue, Daisy pendait au plafond par les poignets. Eliane posa à côté d'elle, en corset d'acier, bas résille et talons aiguille, cravache mouillée à la main.

— Tu vas faire ça lentement, ordonna Marco qui tournait entre ses doigts son verre de cognac, enfoncé dans le canapé. Un coup toutes les minutes. Tu commences par les cuisses, puis les fesses, après, les seins...

— Les seins ! s'exclama Eliane, effarée.

— Oui, et tu n'essayeras pas d'éviter les bouts.

Eliane baissait la tête de côté.

— Vous ne m'avez jamais cravaché les seins...

Marco éclata de rire.

— Ça viendra, mignonne, ça viendra, quand j'en aurai envie. Bon. Les cuisses, pour commencer.

Il se bloqua.

— Un moment, il faut minuter tout ça sérieusement.

Il fit sauter à son poignet la fermeture de sa montre Santos de chez Cartier. Yeux noirs sur la trotteuse.

— Au signal, fit-il, je te dirai.

Il y eut un silence d'une vingtaine de secondes. Puis Marco leva la main.

— Attention... Hop ! Vas-y !

Sifflement de la cravache, cabrure épouvantée de tout le corps de Daisy, claquement d'obturateur de l'Olympus.

— Très bien, apprécia Marco devant les zébrures qui noircissaient à toute vitesse. Continue comme ça, c'est parfait.

Eliane releva la cravache.

— Attends, reprit Marco. Encore une minute.

Daisy se mit à sangloter.

— Je vous en prie... C'est trop dur d'attendre.

Marco éclata de rire en tapant sur la cuisse de Fouillerot.

— Elle commence à tout comprendre, non ?

CHAPITRE XIV

L'armurier de Digne retourna ranger ses fusils. Pas croyable. Des clients impossibles à satisfaire. Jamais vu ça ! A croire que le grand brun et le petit chauve étaient entrés dans sa boutique juste pour se payer sa tête.

— Vous voulez peut-être une paire de Purdeys (1), non ?

Boris alluma une Gallia.

— Mais non, vous n'avez pas compris. Vos 16 et vos 12 de Manufrance ou assimilés, ce n'est pas notre truc. On veut, comment vous expliquer ?... La classe supérieure. Vous voyez ce que je veux dire, pas de Purdeys, bien sûr, de toute façon.

— Ça va, fit l'armurier, agacé. Je n'ai pas de Purdeys à vendre...

Boris sourit, conciliant.

— Bien sûr, mais je pense à des armes plus simples, tout en étant un peu plus sophistiquées.

Il parut rêver.

— Je ne sais pas, moi... Par exemple une Ithara SKB 200 E Deluxe Field Grade Double. On peut aussi parler d'une arme à canons superposés. Le Champlin Over and Under Shot Gun, par exemple.

(1) La plus célèbre marque anglaise de fusils de chasse. Façon Rolls-Royce.

Il aspira une longue bouffée de sa Gallia.

— Notez que je me contenterais, dans la série superposée, d'un Savage Model 330 0/V.

— O/V ? questionna l'armurier d'une voix étouffée. Vous avez dit O/V ?

— J'ai dit O/V, approuva Boris sadique. Calibre 12, si je ne me trompe. Çam'iraittrès bien personnellement.

— Très bien, fit l'armurier. Donnez-moi une petite minute.

Il disparut dans son arrière-boutique.

Quand il revint, il portait entre les mains, comme le Saint-Sacrement, quelque chose de luisant, de glissant, de sentant bien l'huile d'amande. Un fusil de chasse de calibre 12, américain, modèle Savage 330, et O/V avec ça.

— Comme quoi il suffit de demander, conclut Boris en posant sa Gallia dans le cendrier de la table de présentation. Il attrapa l'objet et le soupesa, le tourna, l'épaula, joua avec le mécanisme. En expert parfait : on n'a pas été commando de chasse en Algérie sans que les armes vous restent familières à vie, quelles qu'elles soient...

— Quel bijou ! rêva-t-il.

Il fronça les sourcils.

— Pas de problème pour le chargement à la Brenecke (1) ?

Le marchand le fixait, fasciné.

— Aucun, bien sûr, c'est une arme universelle.

Boris sc tourna vers Aimé.

— Tu vois, il suffisait de parler.

Il reposa le Savage sur le plateau de chêne usé par des générations de ventes d'armes de chasse.

— Combien ?

L'armurier se gratta le nez. C'était irrésistible ce qu'il

(1) Cartouche spéciale. Destinée à arrêter le gros gibier.

faisait penser à Mémé ! Même taille, même myopie, même calvitie. Seule différence : l'accent du Midi.

— Huit mille sept cent cinquante ! jeta-t-il, comme on lance une plaque sur le tapis vert d'un casino.

— Sept mille huit cents, conclut Boris. En liquide.

L'autre se mordit la moustache.

— Mais je ne peux pas ! geignit-il avec une douleur sincère. C'est de l'importation. Le coût du dollar...

Boris se pencha.

— Je vous ai cité tout à l'heure un modèle.

— Oui, s'empressa l'armurier. Le Champlin Over and Under Shot Gun. Un autre calibre 12. Une arme particulièrement superbe.

— Combien ? jeta Boris.

Le marchand se tordit les mains.

— Hélas, je n'en ai pas. Les quotas d'importation, vous comprenez...

Il parut compulser dramatiquement le registre mémorisateur de son magasin.

— Vous êtes contre les Ithaca ? fit-il soudain d'un air exalté.

Boris fit la moue.

— Ça dépend du modèle.

L'armurier se rétracta : il n'avait qu'un seul modèle d'Ithaca. Sa dernière « cartouche ». Après, plus rien d'autre à proposer dans le style arme américaine.

Il se jeta à l'eau :

— Un SKB 280 English double.

— Ah, murmura Boris, un calibre 16... Un peu léger.

L'armurier se tordit encore les mains.

— Il y existe un 12 aussi.

— Je sais, seulement...

— Seulement...

— Vous ne l'avez pas...

— Non, avoua l'armurier, je n'ai que le 16.

Il se tourna vers Aimé Brichot avec l'air de chercher un allié.

— Mais si je peux me permettre, reprit-il, de plus en plus excité, monsieur votre ami a à peu près la même complexion, je veux dire la même carrure que moi, enfin, le même poids.

Il s'embrouillait.

— Bon, on n'est pas des gros tous les deux. Alors, moi, je préfère le 16. C'est plus dans mes capacités « d'épaulage », si je peux me permettre.

Boris tendit le menton vers Aimé.

— Ça te va ? C'est américain, mais il y a « English » dans le nom ?

— Va pour ton truc ! rigola Aimé Brichot.

L'armurier les fixa comme s'ils étaient fous tous les deux. Qu'est-ce que ça signifiait, ces deux Parisiens débarqués dans sa boutique de Digne dont une clochette tintait quand on ouvrait la porte. Ils se payaient sa tête ou quoi, avec leur accent « pointu » ?

— Combien l'Ithaca ? reprit Boris, qui paraissait obsédé par les prix quand le deuxième fusil eut atterri sur la table.

— Un peu plus cher que l'autre, tiqua l'armurier. Dix mille cinq cents.

Boris se tourna vers Aimé.

— Bon, qu'est-ce que tu en penses ? Le Savage était à huit mille sept cent cinquante. Il nous le fait à sept mille huit cents, l'Ithaca est à dix-mille cinq cents, mettons qu'il nous le fasse à neuf mille francs. Neuf mille puis sept mille huit cents ça va chercher dans les seize mille huit cents. On arrondit à seize mille et c'est basta, OK ?

— OK, approuva Mémé. Et je trouve même que tu es gentil.

L'armurier était au bord de l'apoplexie.

— Hé, vous ! Qu'est-ce que vous imaginez ! Seize mille pour les deux armes, pas possible !

Il était émouvant d'accent du Midi outré par l'émotion.

Boris se pencha.

— Ah, on a oublié le problème des munitions. Vous m'en mettez une demi-douzaine de boîtes pour chaque arme. Moitié Brenecke, moitié...

Il réfléchit :

— Un chouïa de petit plomb, pour le perdreau, puis du 8, oui, du 8... Ah, j'oubliais aussi, de quelle couleur sont vos housses à fusil ?

— De quelle couleur ? s'étrangla l'armurier. Mais, kaki, ou verte. Au choix.

— Aimé ? fit Boris.

— Pour moi ce sera vert, décréta Aimé, serein comme un pape. Pourquoi pas le kaki pour toi. C'est plus ton genre.

L'armurier faisait des efforts gigantesques pour se dominer.

— Et je suppose, bien sûr, que vous voulez en plus le nécessaire à entretien, l'huile spéciale, le goupillon et tout le reste ?

— Vous avez de jolies boîtes pour présenter tout ça ? fit Boris.

— De jolies boîtes ?

— Oui. Je veux dire, pas des trucs en plastique jaunâtre. Nous, on n'aime que les boîtes en bois verni. A l'ancienne.

L'armurier se passa la main dans la calvitie. Ça transpirait dur là-haut.

— Elles sont en bois verni, murmura-t-il, au bord de l'évanouissement.

— Alors, tout est parfait ! s'exclama Boris. Enveloppez-nous tout ceci.

L'autre le fixa :

— Hé ! On n'est toujours pas d'accord sur le prix des fusils...

Boris joua les étonnés.

— Mais, on a dit seize mille pour les deux ! Ne revenez pas sur votre parole.

— Je n'ai jamais dit que j'étais d'accord! balbutia l'armurier.

Boris pencha sa haute silhouette puissante sur la table d'exposition où luisaient les deux fusils américains.

— Vous vendez combien de fusils de chasse par semaine ?

L'autre vibra.

— Ah... les temps sont durs.

— Ils sont durs pour tout le monde, monsieur. Allons, enveloppez-moi tout ça.

— Mais on n'a pas parlé des cartouches et des boîtes d'entretien! tenta sans y croire l'armurier.

Boris fronça les sourcils.

— A seize mille, c'est compris dans le prix.

L'armurier contemplait les billets de cinq cents francs qui s'alignaient devant lui.

— Mince, jura Boris, arrivé en bout de liasse, je n'ai que quinze mille.

Le commerçant eut envie de mourir.

— Faites-moi un chèque pour les mille restant. De toute façon, vous êtes bien obligé d'apparaître. Il faut que je prenne vos cartes d'identité, c'est la loi.

Boris soupira.

— Ah oui.

Il se fouilla, et sortit sa plaque de police. Imité par Aimé.

Cette fois, l'armurier haletait sans plus aucune retenue.

— Mais il fallait le dire tout de suite!...

Une tempête se déchaînait sur son crâne... Les fusils américains étaient de la pure contrebande... De la combine... Comment avait-il pu se faire piéger ?

— Dix mille, hoqueta-t-il. Dix mille et je vous en supplie, laissez-moi tranquille, les affaires ne marchent plus.

Boris poussa devant lui le tas de billets de cinq cents francs totalisant quinze mille.

— Même les flics tiennent leur promesse, fit-il.

***

Boulevard Gassendi, ils se fournirent en vêtements de chasse. Pantalons et blousons fourrés, bottes appropriées. Pour le plaisir, Aimé ajouta à l'emplette un joli petit chapeau tyrolien à plume. Juste pour le plaisir de la coquetterie. Coût total : trois mille huit cents toujours payés en liquide.

Les bons roses... Les merveilleux bons secrets...

— On fera quoi des fusils, après ? interrogea Brichot en trottinant derrière Boris vers la voiture avec sa part personnelle d'enquête à bout de bras.

— Prise de guerre, grogna Boris. Prise de guerre.

— Quand même, fit Aimé, tu as été dur avec l'armurier. C'est un commerçant qui a des problèmes comme tous les commerçants.

Boris tourna la clé de contact de leur 205 de location.

— Vouai... J'ai un blanc sur lui, par le brigadier de Saint-Etienne-les-Orgues. Il n'est pas net, côté contrôle de ses ventes d'armes. Bon, on lui a fichu la trouille, il va se calmer, et nous, on n'a pas trop mal tiré sur les bons roses. Avec deux jolis fusils qui feront leur petit effet, crois-moi, chez nos amis de demain.

Aimé Brichot prit l'air soucieux.

— Je n'ai pas assez essayé les bottes. On a fait tous ces achats si vite...

Ils traversaient Malijai.

— Tiens, arrête-toi devant la pharmacie, tu veux ? jeta Aimé.

Quand il revint, il portait un tout petit paquet.

— C'est quoi ? fit Boris.

— Du Tricostéril, en cas d'ampoules.

Boris éclata de rire.

— Mémé, si je t'avais pas, qu'est-ce que je deviendrais ?

Il redémarra. La nuit tombait, la route sinuait. Par les vitres ouvertes, ça sentait fort le thym, le romarin. Avec des relents de champignons et de glands de chênes. La Haute-Provence merveilleuse d'octobre. C'était pleine lune et toute la vallée sauvage qu'ils traversaient luisait, blanche et verte.

— Tu sais chasser ? fit Boris en rétrogradant en seconde dans un virage serré peu avant Mallefougasse.

Brichot parut attaqué par un régiment de frelons sur le siège avant droit.

— Je suis berrichon ! s'exalta-t-il. A seize ans, j'ai tenu mon premier fusil en mains, à seize ans et trois mois.

— Combien de jours après les trois mois ? questionna Boris, riant.

Aimé Brichot hocha la tête.

— Arrête de me mettre en boîte, Boris. Je sais chasser, c'est tout ce que je voulais te dire.

Il se tourna, sournois.

— Et toi, au fait ?

Long silence du côté du conducteur.

— Mémé, finit par dire Boris d'une voix voilée, en Algérie, j'ai chassé bien autre chose que le lièvre. Alors...

Sur le siège arrière de la 205, les fusils de chasse américains dormaient dans leur housse, à côté de leurs boîtes à couvercle, de leurs boîtes de nettoyage et des vêtements de chasse tout neufs.

Ils en avaient assez de tricher. A quoi cela servirait-il vraiment, demain, à Lure ?

Ils avaient « truandé » un marchand d'armes pour cause d'allocations serrées. De la tricherie, encore de la tricherie... Et demain, ils allaient recommencer à tricher... Tout ça parce qu'ils étaient flics. La route tournait, tournait encore, et ils pensaient tous les deux à la même chose : Un flic doit savoir parfois se faire voyou pour réussir une enquête...

— Tu as de la chance de ne pas avoir d'enfants, conclut Aimé Brichot. Moi, les jumelles et Charles me poseront un jour des questions sur mon métier, et qu'est-ce que je répondrai ?

Boris rétrograda.

— Que tu es un serviteur de la nation, Mémé.

Après Cruis, la route tournait moins, il y eut enfin une descente, puis l'entrée du village, la place de la Fontaine-de-Lure, où ils eurent du mal à trouver à se ranger. C'était samedi, le week-end chargé à l'époque de la chasse.

***

Mireille courut vers eux depuis le fond du bar où elle regardait la télévision en les attendant.

— Je commençais à m'inquiéter, fit-elle.

Boris la fixa. Qu'est-ce qu'elle était mignonne ! Bien arrangée avec ses mèches bouclées enfin sages, son pull ras du cou et son pantalon de velours à la mode... Il la reçut dans ses bras. Elle était chaude, et déjà elle lui refaisait envie. Elle dévora ses lèvres.

— Je n'aime pas quand tu t'absentes, murmura-t-elle d'une voix de gorge.

Dans leur dos, Aimé Brichot se gratta la moustache, avec de temps en temps, un regard vers la cuisine, d'où ça sentait bon le frichti bas-alpin.

« Boris, mon poulet, se disait-il à par lui, tu es sur la mauvaise pente. La petite va s'accrocher, et le problème c'est qu'elle est, non seulement attirante, mais sympa. »

Il toussota.

— Hé, vous deux, si on prenait une anisette avant le dîner ? J'ai soif, moi.

CHAPITRE XV

L'Association des Amis de Notre Dame de Lure, groupement de philantropes aussi estimables qu'efficaces côté vieilles pierres locales et montagneuses, estime l'altitude de Saint-Etienne-les-Orgues à exactement 738 mètres, soit une différence exacte de 1 088 mètres avec le sommet de Lure (1 826 mètres). En descendant du sommet de Lure, vers l'ouest, on arrive, peu avant le col de la Croix de l'Homme Mort, à un ressaut de terrain, ressemblant à un vague plateau cerné de bosquets de hêtres, de sapins et de chênes blancs avec des houx tout autour et, dans les herbages voisins, des zones à framboisiers succulents au début de l'été. A cette époque de l'année, l' « herbe à renard » commençait à roussir. A la tombée du jour, les premières grives, les cailles, les pluviers, les rouges-gorges et les mésanges bramaient comme des cerfs dans les bosquets. Pour s'arrêter net à la tombée de la nuit. Alors, on n'entendait plus que le cri monotone des rares aigles encore vivants dans le coin, les voix rauques et peu mélodieuses des corbeaux et des corneilles se retournant dans leur nid comme font les poules au poulailler. Un peu plus bas, les clochettes des troupeaux de moutons tintaient. Il y a longtemps qu'il n'y a plus de bergers pour accompagner les troupeaux. Alors les labris (1) ont bien été obligés de faire un pas de plus en avant dans le progrès évolutif. Autrement dit, de s'occuper tout seuls des troupeaux. Ce à quoi ils parviennent tout à fait convenablement. Entre parenthèses, les renards en savent quelque chose, leurs os qui jaunissent, un peu partout dans la montagne, cervicales brisées, en témoignent.

Au nord-ouest, proche du col de la Croix de l'Homme Mort, là où la célèbre peste de 1838 s'était arrêtée, sciée par le mistral dans sa progression après des milliers de victimes au sud de Lure, un ressaut de lande protégeait de ce côté le secret des lieux. Ce soir-là, sous la lune pleine, ça brillait, ça tremblotait parmi les plantes basses, dans les prémices frileuses de l'hiver. La lavande, qui bleuit, fruits desséchés emportés par le vent, les genêts, l'alfa, le carex et le dendélion. Tout ça avec de hautes herbes aux extrémités des tiges desséchées après tellement de miracles de floraison, tout au long de l'été. Par endroits, il y avait des coulées de pierres vernies de blanc et de bleu, comme si des fleuves avaient roulé ici interminablement autrefois.

Puis il y avait le creux du plateau et, à gauche, à droite, de tous les côtés, des remontées de terrains. Avec les mêmes pierres « mémoire du monde », les mêmes bosquets, les mêmes lavandes, carex et dendélions ! Au milieu, le jas de Miravail, au bout d'une route de terre cahotante.

Qui aurait pu voir que les fenêtres étaient illuminées ? Qui aurait entendu la musique style vidéo-clip balancée à fond par les enceintes de la grande salle ? Les troupeaux et leurs labris abandonnés par ces hommes ? Les gens de la vallée du Jabron, en bas, très loin en bas ? Les passagers du vol d'Air France Paris-Nice qui passe sept fois sur dix au-dessus de Lure ? Cernée de l'index

(1) La race de chiens bergers la plus courante en Haute-Provence.

sur une mappemonde par un enfant curieux de géographie, la France n'est rien... Sauf un détail : dans ce « rien » à zones urbaines surpeuplées, il reste des espaces vides comme les sierras mexicaines. Exemple : Lure, un des rares lieux de l'Hexagone où un troupeau de moutons, avec son quota habituel de chèvres (un dixième) pour errer des semaines entières sans rencontrer autre chose qu'un marcheur fou de sentier de grande randonnée.

*
* *

Joseph Fouillerot, le notaire, fut le premier à exprimer le souhait masculin général, dans la grande pièce centrale du jas de Miravail où on faisait la fête en attendant de faire leur fête aux maximum de lièvres, demain dès l'aube.

— Ça paye joliment, le spectacle ! fit-il avec tout juste cette très légère pointe d'accent que peut se permettre un bourgeois du Midi comme par coquetterie. Vous êtes très mignonnes avec vos tenues de chasse. Mais en dessous de toutes ces choses « parachutistes », on est fringuées comment ?

Marco se tourna vers Fouillerot :

— Tu veux vraiment savoir ?

Le notaire termina son cognac.

— Je veux !

— OK.

Le mac aixois claqua ses doigts.

— Strip-tease, les filles !

Qu'est-ce que ça y allait dans l'envolée des vestes panthères, le déculottage des pantalons style commando de chasse. Et hop à gauche, le pantalon ! Et hop, à droite, le blouson fourré !

La fête des yeux pour les notables de la société de chasse du jas de Miravail. Sept putes, sept cette fois !

Qui se déshabillaient comme des girls du *Lido* ou du *Crazy Horse Saloon*.

Eliane gigota, fesses tendues vers la cheminée qui menait grand feu pétillant. Ah, qu'est-ce qu'elle avait eu raison de garder son corset de métal ! Comme c'était ahurissant d'avoir vu sortir ça du blouson fourré, surtout quand elle avait baissé son pantalon à deux mains, fesses tournées vers le client !

— Joli, les bas résille, apprécia Pelisson, le rentier, qui se sentait le pantalon de plus en plus brûlant.

Eliane se tortilla vers lui.

— Tu veux que j'enlève mes Pataugas ? Tu veux ?

Elle était saoule, ce soir : Marco avait permis de manger et de boire ce qu'on voulait. Un extra, juste un extra, avait-il expliqué en annonçant la chose dans la CX, sur la route.

Trois verres de vin quand on n'a jamais le droit de boire, ça rend dingue ! Surtout quand s'y est ajouté le droit de s'envoyer de la soupe aux choux, du civet de lapin aux herbes et, après le fromage, de la mousse au chocolat. A pleines cuillers libres ! Plus l'autorisation de fumer !

Eliane dansait, cigarette aux lèvres, complètement saoule. Heureuse. Quand elle se tournait, offrant ses fesses aux regards, bien sûr qu'ils voyaient, les clients, les balafres du fouet ! Mais qu'est-ce que ça pouvait lui faire ? Son corset la serrait comme jamais il ne l'avait serrée, mais elle avait l'estomac plein de bonnes choses et encore, dans le palais, des restes de goût de la soupe aux choux, du civet de lapin aux herbes et, surtout, de la mousse au chocolat. On avait terminé le dîner au champagne.

— J'enlève les Pataugas ? hurla-t-elle, surexcitée.

— Ah non ! cria Melchior Roquette, l'horticulteur. Enlève tout, mais surtout pas les Pataugas.

Il tapa sur la cuisse de son voisin, Durand, le tailleur de Manosque.

— Durand ! s'exclama-t-il, toutes les filles se foutent à poil, sauf les Pataugas.

Il se leva, coupe de champagne haussée à bout de bras, dégoulinante sous les soubresauts du poignet.

— Aux voix ! Qui vote pour les filles à poil sauf les Pataugas ?

Durand s'affala en arrière dans le canapé de vieux cuir, s'inondant partout par le ressaut de son verre déséquilibré.

— Que demande le peuple ? hoqueta-t-il.

Le reste du contenu de son verre lui atterrit, à bout de bras, sur le front très dégarni.

— Olé ! fit-il, qu'on me resserve à boire, les filles !

*
* *

Dehors, à moins de dix mètres de la petite fête, une vipère hésitait sous la lune. Face à elle, à cinquante centimètres, une musaraigne croquait des glands de chêne. La vipère tira une langue avide, mais elle hésitait... Là-bas, tout près, il y avait une réunion de cette race maléfique, les hommes... Allait-il en surgir un de la porte ? Foncer vers elle ? Et réussir, sous la lumière blanche de la lune, ce que tant d'hommes de Lure avaient réussi depuis des siècles, au point de s'en faire une spécialité professionnelle : l'attraper par la queue, la faire tournoyer à longues brassées accélérées jusqu'à ce qu'elle ne puisse plus se replier sur elle-même pour mordre, tendue mortellement par la force centrifuge, incapable de se replier, de mordre pour sauver sa vie ! Après, ce serait simple, comme pour des milliers de ses sœurs dans le temps passé. Une pierre quelque part, à portée de l'homme aux chaussures de montagne. Une de ces pierres calcaires qui éclatent et se fendillent sous le gel de l'hiver, mais dont les restes, à l'automne suivant, constituent une enclume terrifiante pour le crâne des vipères. Ça ferait tout juste un petit clac. Ça ne fait pas beaucoup de bruit, un crâne de vipère qui explose sur une lauze de la Montagne de Lure. Après ? Eh bien, l'échine est molle, et on ne se rend même pas compte que le tueur arrache systématiquement les crocs à venin l'un après l'autre. Pour un laboratoire de la vallée.

La vipère vibra de toute sa colonne vertébrale : un homme sortait pour uriner. Elle regarda, relovée derrière un caillou. Le bruit venu de là-bas, du jas, s'était incroyablement multiplié. Il se passait de drôles de choses avec la partie féminine de la race humaine.

L'homme se reboutonna, puis rentra. La vipère ressortit la tête de sa cache : la musaraigne, plus placide qu'elle, n'avait pas cessé de dévorer ses glands de chêne blanc.

Il y eut un brusque coup de « reins » côté zone médiane du reptile à crocs empoisonnés. La musaraigne cracha son dernier morceau de gland, yeux déjà révulsés par le venin.

*
* *

— Wouah ! hurla Melchior Roquette, de plus en plus surexcité, ça me plaît ! On fait French cancan ! Et en avant la musique !

Il se tournait vers Montbrun, le fabricant de pipes, le spécialiste des cassettes.

— Vas-y, fais ton boulot !

La musique démarra. Le cancan ! La musique qui rendait dingue Toulouse-Lautrec ! Devant la cheminée, elles étaient sept à lever la jambe en cadence. Pour tout vêtement, les Pataugas aux pieds et, autour de la taille, des cartouchières, pleines de douilles de calibre 16 et de calibre 12. Des chevrotines, des Breneckes.

Et hop ! La cuisse gauche en l'air ! Avec les toisons qui s'ouvraient.

Et hop ! La cuisse droite ! Et toujours les mêmes

toisons qui s'ouvraient un peu plus. Et ça sautillait, les seins, dont certains étaient fouettés. Et ça tremblotait, la chair des cuisses et des fesses. Parce qu'elles se tournaient aussi, en chœur ! Bien réglé ! Merci Marco de les avoir fait répéter !

Et c'était fabuleux que ça se passe, cartouchières pleines, secouées autour des hanches, et Pataugas aux pieds !

*
* *

Avec en plus, pour le « fini » du spectacle, les bouteilles de champagne. Chaque fille tenait une bouteille à la main. En « cadence », bien sûr, chacune une bouteille vidée. Ils avaient tous tellement bu que ça n'avait pas été difficile de les fournir en bouteilles vides.

Alors, chaque fois que, hop ! elles levaient la cuisse, elles portaient en même temps le goulot de leur bouteille à leur bouche. Et elle tétaient, comme les agneaux et les agnelles tètent le pis de leur mère dans la montagne de Lure, la nuit, sous la garde des labris fidèles et soucieux, surveillant sous la lune, l'avancée des vipères, ou les vols des prédateurs au-dessus d'eux.

— Hop ! On la lève la cuisse ! hurlait de joie Montbrun ! Hop ! On tète la bouteille !

Et ça obéissait, ça gigotait des hanches, des fesses et des cuisses. Ça remuait des Pataugas et les cartouchières. Ça bécotait avec gourmandise les culots des bouteilles !

— On est assez machos, quand même, murmura Joseph Fouillerot, hilare, vers Marco. C'est pas gentil, pour la condition féminine, ce qu'on leur fait faire.

Le maquereau aixois haussa les épaules.

— Tu crois qu'on les force ?... Pas du tout, il y a différentes sortes de femmes. Les mères de famille, les bosseuses impénitentes, qui ne rêvent que de prendre la place de leur chef de service, et puis les putes nées.

Pourquoi les femmes n'auraient-elles pas le droit d'être putes ? Ce serait une atteinte au droit des femmes, non ?

Il tendit l'index.

— Regarde Daisy, qui est celle qui lève le mieux la cuisse, et marque bien un temps d'arrêt, une fois en haut, bien ouverte, pour qu'on voit bien sa fente. D'accord, elle est assez saoule, ce soir, puisque j'ai permis aux filles de boire aujourd'hui, mais tu crois sérieusement qu'on la force à faire devant nous ce french cancan en Pataugas, avec une cartouchière agitée autour des hanches et une bouteille de champagne à la main qu'elle s'enfourne dans la gorge au rythme de la musique ? Non, mon vieux, elle est née pute, ça lui plaît, c'est comme ça.

Il se pencha et se resservit du champagne.

— Tu sais comment je l'ai levée, Daisy ?

Il rit.

— Elle ne s'appelait pas comme ça. Un prénom d'une banalité affreuse... Bon, je l'ai levée à l'ANPE. Mais si ! Elle m'a raconté qu'elle se proposait pour des traductions d'anglais. Tu parles... l'anglais. Tous les étudiants et toutes les étudiantes demandent à traduire de l'anglais. Je l'ai reçue chez moi. Elle était timide, mais sous sa jupe sage et son pull angora de Prisunic, j'ai tout de suite flairé le corps parfait. Qu'est-ce que je lui ai dit, bourgeois ? Devine.

Fouillerot eut une moue vague. Essayant de contrôler sa fascination envers le maquereau. A la limite, il se sentait honoré que l'autre lui fasse des confidences. La fascination classique des bourgeois quadragénaires qui ont ramé toute leur vie, pendant que d'autres vivent des filles...

— Je ne sais pas ? avoua-t-il, candide.

Marco le fixa. Ça, il essayait de ne pas avoir l'air dédaigneux ! Il savait trop ce qui allait se passer le lendemain, au cours de la chasse, via Boris Corentin, le flic de la Brigade Mondaine dont les désirs étaient pour lui des ordres pour la simple raison que sa survie de maquereau en dépendait !

— Je lui ai dit gentiment, reprit-il, que je souhaitais, à moins qu'elle soit d'un avis différent...

— Tu lui as dit : « A moins que vous ne soyez d'un avis différent ?... »

— Bien sûr... Arrête de m'interrompre. Bon, en langage rapide, je lui ai demandé si elle acceptait de se déshabiller.

— Et alors ? haleta Fouillerot, dont le haut du pantalon devenait une zone où les boutons hurlent : Urgence ! Urgence de sauvetage brutal !

— Alors, de deux choses l'une dans un tel cas : ou la fille se tire, ou elle reste. Parce qu'il faut que tu notes que ça ne marche pas toujours... Bon, ça a marché avec Daisy. Elle a obéi, elle s'est mise nue.

— Et après ?...

— Après ? Elle était vierge, figure-toi.

— C'était quand, tout ça ? fit le notaire, qui rêvait encore aux clichés ahurissants de la veille au soir.

— En janvier dernier.

— Mince, murmura Fouillerot. En janvier dernier seulement...

Il se retourna vers le spectacle, Eliane était au centre, et à sa droite, Daisy, qui était celle qui levait le plus haut la cuisse, qui agitait le plus ses fesses et ses seins, et sa cartouchière...

— Tu es vraiment un homme à femmes, toi, avoua-t-il.

Marco vida son verre à petites gorgées.

— Notaire, chacun son boulot, non ?

*
* *

A minuit, ils décidèrent tous d'un commun accord que puisqu'on se levait très tôt demain, il était préférable d'aller se coucher.

Daisy courut, poitrine secouée, vers Marco.

— Je peux aller dans votre chambre ? murmura-t-elle, yeux baissés.

Eliane se précipita.

— Ah non ! Il est à moi.

Marco sourit.

— Désolé, les petites, cette nuit, je dors seul.

Il se tourna vers les clients.

— Ils ont payé, vous êtes à eux.

*
* *

Un index cognait à la porte de Marco.

— Excuse-moi... C'est le notaire...

— Entre, grogna Marco, qui dormait presque déjà.

Fouillerot s'introduisit comme une fouine.

— Qui c'est, tes deux amis de demain matin ? Les invités que tu nous ajoutes à la chasse.

Marco se haussa dans ses draps.

— Deux macs, fit-il. Deux macs parisiens dont j'ai besoin.

— Ah, je vois, recula Fouillerot.

Il continuait à reculer.

— Bon, bonsoir, hein ?

— Bonsoir ! conclut Marco.

Il tendit la main.

— L'interrupteur est à ta gauche. Merci d'éteindre avant de sortir.

Il sourit :

— Tu te tapes qui ? Eliane ou Daisy ?

— Daisy.

Marco fronça les sourcils.

— Ne sois pas trop dur avec elle, elle est encore très fraîche, tu sais.

Il se racla la gorge.

— Au fait, si tu prends Daisy avec toi, que va devenir

Eliane ? Elles faisaient lit commun, non ? Tu m'as réveillé, ça me donne des idées.

Fouillerot se mit à rire.

— Ah, toi ! Quand tu as envie d'une fille, tu n'as pas à payer.

Marco agita la main.

— Sois gentil. Pendant que tu y es, en allant chercher Daisy, dit à Eliane de venir ici.

*
* *

Eliane tournait sur elle-même devant Marco. Nue, sauf son corset de métal. Il l'attira vers lui d'un claquement des doigts.

— Tu es ma préférée, tu sais, fit-il avec un sourire très Julio Iglésias, qu'est-ce que tu dirais de gagner triple ? Tu as ton fils à élever dignement, non ?

La prostituée s'était bloquée devant son « maître », seins soulevés par le corset, et tellement émouvante dans sa nudité de chose à plaisir.

— Marco, murmura-t-elle, tu vas me parler de choses difficiles.

Le maquereau sourit de toutes ses dents.

— Mais non, minette, pas plus de fouet, pas plus de régime, juste un petit truc.

Il avança la main.

— Allons, rapproche-toi.

Elle obéit, comme une biche docile. Il entoura à deux mains sa taille cernée par le corset de métal.

— Je suis branché, dit-il, sur un réseau de clients internationaux depuis cet été. Des gens très riches, qui veulent des filles à la taille étranglée.

Elle vibra :

— Je vois...

— Tu n'es pas bête, toi. Bon, écoute-moi bien. Avant la guerre de 14, il y avait une demi-mondaine qui s'appelait Polaire. Sa spécialité, c'était d'avoir la taille tellement étranglée par son corset qu'on pouvait en faire le tour avec les deux mains. Tu ressembles suffisamment à Polaire de visage.

Il alluma une cigarette.

— Je ne te force pas, je te propose simplement un marché fructueux. Part à deux. Ça te prendras un an de te réduire la taille comme il faut. Je te cadenasserai le corset pour que tu ne triches pas, et il faudra que tu vives couchée, entre les clients, pour éviter les varices. Mais en un an, tu auras une vraie taille de guêpe.

Il sourit, plus Julio Iglésias que jamais.

— Et tu pourras gagner assez pour payer des études fabuleuses à ton fils.

Eliane se détourna.

— On me fouettera aussi ?

— Encore plus, un cul offert sous une taille étranglée, c'est ce qu'il y a de mieux pour le fouet.

Eliane vacillait.

— Il y a des moments où je pourrais l'enlever, le corset ?

Elle eut tout le temps de regretter sa question.

— Non, finit par dire Marco dans un nuage de fumée. Si tu acceptes le marché, ton corset sera cadenassé, et moi seul aurais la clé.

— Pourquoi toi seul ? vibra Eliane.

Marco l'observa lentement. De haut en bas.

— Parce que tu m'appartiens, c'est tout. Allez, approche-toi, que je te resserre ton corset. Il faut bien commencer à te réduire la taille.

Elle hésitait, tremblant de tous ses membres.

— Qu'est-ce que tu attends ? reprit Marco, placide. Tu ne m'aimes plus ?

Eliane courut vers lui.

— Fais de moi ce que tu veux, haleta-t-elle, je t'appartiens.

Il la renversa sur ses genoux et flatta ses fesses.

— Quand tu auras réellement une taille de guêpe, dit-il, je te ferai un joli cadeau.

Eliane tordit sa nuque vers lui.

— Ah ! Et quoi ?

Marco introduisit sa main dans le chemin de ses reins, jusqu'à la faire hurler de plaisir.

— Un fouet à chien, fit-il. Avec des boules de plomb au bout. Ne proteste pas, tu en as toujours eu envie.

*
* *

A une heure du matin, tout le monde dormait dans le jas de Miravail, y compris Eliane, lovée contre Marco. Heureuse, remuée par de doux rêves d'esclavage.

CHAPITRE XVI

Mireille chercha le regard de Boris dans la glace lui faisant face. Il était dans son dos, au milieu du petit salon de coiffure de Saint-Etienne.

— Qu'est-ce que tu en dis ? hasarda-t-elle, craintive.

Il s'approcha et posa les mains sur ses épaules noyées dans la blouse bleue dont la coiffeuse l'avait revêtue avant d'opérer.

— C'est merveilleux ! s'exclama-t-il. On jurerait que tu as été blonde toute ta vie.

Mireille se réexamina toujours soucieuse.

— Tu ne peux pas savoir comme c'est étrange de voir une inconnue qui vous ressemble dans la glace, à part la couleur des cheveux. On est comme dépossédée de soi-même.

Elle soupira :

— Tout de suite après, je me fais reteindre en brune, je ne peux pas me supporter comme ça plus de vingt-quatre heures.

Boris se pencha encore plus vers elle.

— Mais oui, c'est promis. Pas plus de vingt-quatre heures en blonde.

Elle battit des paupières.

— Ça te fait mal, les verres de contact ? reprit-il.

Le matin, ils avaient fait un saut jusqu'à Manosque.

Pour transformer les yeux bruns de Mireille en yeux verts.

— Pas trop, reconnut-elle, ça gêne un peu, mais ça va.

— Garde-les encore une heure ou deux pour t'habituer. Et ne les remets que demain matin. Inutile de te fatiguer les yeux.

Mireille prit la main douce et musclée posée sur son épaule.

— Qu'est-ce qu'il ne faut pas faire pour t'obéir...

Il rit :

— Mais enfin, tu sais bien pourquoi il faut te rendre méconnaissable !

Elle approuva, muette.

— Je sais, finit-elle par murmurer, envahie d'atroces souvenirs.

— Allons, courage, reprit Boris. Encore un peu de patience et le cauchemar sera fini. Parce que, je te le promets, demain soir, tout sera fini...

Mireille voulut lui répondre, mais elle s'arrêta net : la coiffeuse revenait.

— Alors, mademoiselle, fit celle-ci d'une voix claironnante, on est satisfaite de sa nouvelle tête ?

— Très satisfaite, bredouilla Mireille. J'avais toujours eu envie de devenir blonde.

Elle se tourna :

— C'est fini ? Je peux partir ?

— Bien sûr, après un dernier coup de peigne.

Assise derrière sa caisse, la coiffeuse regarda Boris et Mireille qui s'en allaient, descendant la rue.

— Ah, les filles... soupira-t-elle, toutes les mêmes. Il suffit qu'un bonhomme les veuille en blonde et hop, on se fait teindre... Une chose est sûre, en tout cas ; celle-là, il faut qu'elle change vite fait bien fait de bonhomme. Le blond, ça ne lui va pas du tout.

Dehors, la conversation tournait autour du même sujet entre Boris et Mireille.

— Tu préfères quoi ? disait celle-ci. Les blondes ou les brunes ?

Boris fit semblant de chercher.

— Les blondes quand elles sont vraies. Les brunes quand elles sont vraies aussi.

— C'est bien ce que je pensais, murmura Mireille entre ses dents. Demain soir, je me remets en brune...

***

Assis sur le lit de Boris, Aimé Brichot étudia longuement le nouveau visage de Mireille.

— Alors, jeta Boris, ta conclusion ?

Aimé Brichot se gratta la moustache.

— Je ne voudrais pas avoir l'air de fayoter, finit-il par dire, mais j'ai bien failli ne pas la reconnaître quand elle est entrée, surtout à cause des yeux verts. C'est ce qui la change encore plus que la décoloration.

— Tu as bien failli, grogna Boris. Pourvu que le salaud ne soit pas plus perspicace, demain.

Ils se turent tous les trois.

L'inconnu à identifier, à condition encore qu'il fasse partie du groupe où ils allaient... Le violeur de Mireille, celui qui ne devait à aucun prix la reconnaître, demain. Ils avaient trop besoin que Mireille vienne avec eux.

— Bon, les dés sont jetés, conclut Boris, on va dîner tôt et se coucher tôt. La journée qui nous attend va être rude.

CHAPITRE XVII

Mireille frissonna quand Boris ouvrit sa portière.

— Je ne sais pas si je pourrai, fit-elle.

— Mais si, murmura Boris en lui tendant gentiment la main.

Elle prit la main du policier qui, en brun et en plus jeune, ressemblait tellement à Ange ! Elle sortit de la voiture.

— Qu'est-ce qu'il fait froid ! balbutia-t-elle.

Au-dessus du vallon secret, le ciel était sec, transparent, et en même temps, il courait dans l'air comme une chose invisible et impérieuse. Ah, ça, elle savait bien de quoi il s'agissait, Mireille ! Le début d'un nouvel assaut du mistral ! Au-dessus d'eux, la zone de sapins noirs faisait comme un bruit de mer. A leurs pieds, l'herbe se couchait, ondulante comme des algues doucement frénétiques. Quelque part plus bas, un loquet de porte métallique devait commencer à claquer au bord d'une citerne. Des vols d'étourneaux vadrouillaient en brusques ramées ivres dans l'air jaune de l'aube. Le mistral montait, montait... Encore quelques heures et ce serait l'enfer ici. Déjà, on voyait les Alpes et le Ventoux. Il suffirait bientôt de monter encore un peu, jusqu'au sommet de Lure, pour voir le Mont-Blanc et en bas, la Corse ! Oui, la Corse, avec des jumelles !

Aimé Brichot sautillait dans ses bottes de chasse, reboutonnant sa tenue style para. Il réajusta sur son crâne son petit chapeau tyrolien à plume, de biais, avec l'air de regretter puissamment de ne pas disposer d'une glace. Puis il se mit à ouvrir et à refermer son fusil américain, l'air heureux.

Boris se tourna vers Mireille.

— Tu es ravissante, tu sais, et courageuse. Viens, j'ai besoin de toi, pour Ange.

Il désigna du menton le jas de Miravail, à trente mètres.

— Ça dort là-dedans, les salopards. On va les réveiller. Ils seront saisis, ils auront honte. Il ne faut rien craindre d'eux.

Les boucles brunes de Mireille cravachaient ses joues dans le vent.

— Tu crois que ça va réussir, Boris ?

Il inclina la tête.

— Avant la tombée de la nuit, tout sera réglé.

* * *

Aimé Brichot cogna à la porte d'un poing vigoureux.

— Debout là-dedans. Les lièvres sont déjà levés !

Une silhouette débraillée ouvrit.

Fouillerot, accompagné de Marco, l'air rigolard :

— Puis-je faire les présentations ? s'empressa Marco. Boris, Aimé, mes amis.

Il parut étudier de haut en bas Mireille.

— Et Mireille... qui est l'amie de Boris.

Fouillerot se passa la main dans les cheveux.

— Bon Dieu, quelle heure est-il ?

— Six heures trente, fit Aimé Brichot, aimable.

Le notaire bondit sur place.

— Mais on a une heure de retard sur le programme !

Il fonça vers l'intérieur.

— Holà ! On se lève ! On se grouille, on s'habille tout de suite. La chasse commence, vite fait bien fait et pas de cérémonie ! Surtout pas de cérémonie !

* * *

Ils s'étaient tous mis en rangs espacés de cent mètres. Neuf hommes et huit filles, alternés. Côté hommes il y avait Fouillerot, Durand, Montbrun, Pelisson, Martin, Roquette et puis Marco et ses invités, les dénommés Boris et Aimé. Côté filles, il y avait Eliane, Daisy et les cinq autres prostituées qui avaient dansé toute la nuit, et qui bâillaient, dans leurs treillis de circonstance, plus Mireille. On avait alterné hommes et filles. Celles-ci n'avaient pas de fusil, mais elles pouvaient jouer leur rôle d'alerte.

Vers huit heures, les cinq chiens courants se mirent à beugler : et, hop, ils virent tous filer là-bas, vers le haut de Lure, un lièvre, un beau lièvre jaune.

A portée de fusil !

Et pourtant personne ne tira. Comme si l'apparition avait provoqué un brutal accès électrique dans l'air ambiant. Le lièvre disparut. Sauvé.

— Je le connais ! hurla Montbrun qui fut le premier à échapper au maléfice des souvenirs d'une certaine journée pas si lointaine. On l'a loupé le week-end dernier ! Je sais vers où il file, après la crête ! Il va prendre la Combe Longue, éviter le refuge de Lure et l'Auberge de la jeunesse.

Il s'arrêta, levant le nez vers le ciel.

— La chance est avec nous. Le mistral ne se relève pas.

— C'était ce qu'ils avaient craint, au réveil, à une sorte de picotement sec de l'atmosphère, qu'ils connaissaient tous. On dirait que l'humidité de la nuit s'évapore à toute vitesse des cailloux de la montagne, et en même temps, la lumière du soleil projette des ombres incroyablement précises. Une demi-heure, une heure au plus après, les feuilles mortes commencent à tournoyer et à craquer sur le sol sans qu'on ait soi-même encore senti le moindre souffle d'air. Et le mistral suit, lent d'abord, puis de plus en plus puissant.

A moins qu'il avorte, comme aujourd'hui. Une chance rare : chasser par mistral avec des chiens courants, ce n'est pas chasser. Les chiens ne peuvent rien sentir, toutes les odeurs du gibier s'envolent à tout va avant d'être identifiées.

— On se réunit ! hurla Fouillerot, mains arrondies autour de la bouche en porte-voix. On fonce vers la crête, on la passe, on redescend vers la Combe Longue. Pelisson, ramène les chiens à toi.

* * *

Ils haletaient tous, après le passage de la crête. Les filles, surtout, peinaient, cernées par les chiens qui paraissaient n'avoir plus d'autre but que de leur mettre la truffe entre les cuisses.

Marco se rapprocha de Boris.

— Prends mes jumelles, fit-il, ça vaut le coup, là-bas. Sud-sud-est. La Corse. Crois-moi, c'est la Corse.

Boris leva les jumelles, dubitatif.

— Tu vois le relief très loin au-dessus de la mer ? reprit Marco.

Boris ne répondait pas. Sidéré. C'était vrai. Là-bas, très loin dans l'air cristallin des montagnes surgissaient de la mer, visibles d'ici ! La Corse !

— Mémé, murmura-t-il en tendant les jumelles. Regarde. Ça ne se loupe pas.

Melchior Roquette n'était pas loin.

— Savez-vous que c'est très rare de voir la Corse ? Je connais Lure comme ma poche. J'y viens depuis trente ans. Je n'ai vu la Corse que quatre fois.

Boris le fixa.

— Il y a des gens qui ont de la chance, murmura-t-il.

Melchior ne l'écoutait plus.

— Ah ! les chiens ! cria-t-il. Ça y est ! Ils ont repéré le lièvre !

Là-bas, en dessous d'eux, dans la pente sud de la montagne de Lure, il y avait cinq chiens courants qui galopaient à fond les gamelles. Cinq chiens fous de chasse, mais dont un seul aboyait. Systématiquement. Bien dressé. Le chien qui avait repéré le lièvre. Et qui allait commencer à le rabattre vers ses maîtres.

***

Toutes les filles, Mireille y compris — que les autres ne cessaient pas de regarder de travers — transpiraient dans leur « tenue de chasse ». Qu'est-ce qu'on les faisait courir ! Où ça les mènerait, ce galopage forcené qui paraissait tellement exciter les hommes ? Comme elles auraient aimé s'arrêter au coin d'un bosquet, cueillir une fleur, ou tout simplement se déchausser ! Ou, pourquoi pas, héler un homme au passage, se déshabiller devant lui, cambrée, et lui susurrer, bouche en cœur : « Tu n'as pas envie de me baiser ? » Mais non, impossible même à imaginer comme solution. Les hommes en chasse de gibier, il n'y a rien à faire avec. Qu'est-ce que c'était dur de gagner son pain ! Et celle-là, la nouvelle, la Mireille, qui elle était ? Quel rôle elle jouait ?

— Tu as vu sa teinture de cheveux ? ricana Eliane vers Daisy. Où elle s'est fait faire ce truc de folie ? Dans son village natal ?

Daisy replaça son chapeau de chasse sur son crâne.

— Sûr, mais je ne l'aime pas. Elle est jolie, Marco lui parle. Qu'est-ce qu'il nous cache ?

Eliane haussa les épaules, pensant aux toutes récentes propositions spéciales de son julot.

— Qui vivra verra, murmura-t-elle. Viens, on s'est laissé distancer.

Melchior Roquette se pointa, jumelles au poing sur un promontoir.

— Ah ! fit-il, vibrant, c'est Ferdinand qui suit. C'est un bon chien, Ferdinand, une merveille.

Là-bas, sur le ressaut de terrain dominant la Combe Longue, Ferdinand aboyait, longuement, professionnellement. Avec d'interminables remontées de la gueule. Ça signifiait quoi ? Qu'il avait de nouveau repéré le lièvre. Et que le lièvre enfilait la Combe Longue.

— On y va ! hurla Melchior Roquette. On cerne la Combe Longue.

Boris jeta un œil de biais en arrière.

— Tu as entendu ? On cerne la Combe Longue.

Aimé Brichot se gratta la moustache. La veille au soir, qu'est-ce qu'ils avaient étudié ensemble la carte d'état-major de la montagne de Lure, qu'est-ce qu'ils avaient fini par en connaître toutes les combes !

— OK ! fit-il, on y va.

***

Peu avant midi, les filles commençaient à crever de deux envies bien précises. Un : crier grâce, pour cause d'épuisement côté muscles des jambes, et deux : ôter tous ces trucs énervants à la fin, les simili tenues de chasse. Quelle chasse ? La seule chasse qui les intéressait, c'était celle à l'homme ! Or les hommes ici présents, surexcités, éparpillés dans la montagne selon une logique qu'elles ne cherchaient plus à comprendre depuis longtemps, avaient fini par oublier jusqu'à leur seule présence. Comme si elles n'existaient plus. Eh quoi ? Un lièvre, quand on l'a eu, quand on l'a tué, ça se baise ou quoi ? Qu'est-ce que ça signifiait, à la fin, cette déviation frénétique de l'instinct de la chasse chez les êtres du sexe masculin ?

Eliane se porta à la hauteur de Mireille.

— Qu'est-ce que tu fais ici, dans cette galère, cavette ?

Mireille la fixa de biais.

— Cavette ? C'est quoi, ça ?

Eliane haussa les épaules, déboutonnant son blouson de faux tissu militaire. Deux seins libres apparurent, inondés de sueur dans la chaleur de la montagne inondée de soleil.

— Je suis une pute, moi. On me paye pour être ici. Une cavette, c'est une pute débutante.

Elle prit une longue inspiration, et il parut à Mireille que les pointes de ses seins étaient curieusement très proéminentes.

— Tu es une pute, toi aussi ? reprit Eliane, sournoise.

Mireille rougit, sans répondre.

— Ah, je vois, tu es une débutante. C'est bien ce que je pensais. Une cavette. D'ailleurs, tu as l'âge.

Elle sourit comme une aînée.

— Un bon conseil, tu veux ? Reviens à tes cheveux noirs. La décoloration, ça ne te va pas, surtout celle-là. Du travail d'amateur.

Mireille faillit se mordre les lèvres au sang. Elle crevait d'envie de hurler à la fille qu'elle n'était pas une « consœur », qu'on se trompait complètement sur elle. Mais elle se retint à temps, se souvenant *in extremis* des recommandations de Boris.

« Tu ne plonges dans aucune provocation. Tu ne révèles rien. Tu ne te livres jamais... »

Un nouveau hurlement de voix masculine leur parvint d'un bosquet.

Bernard Martin, le gynéco d'Apt.

Et, subitement, Mireille se bloqua, hagarde.

— Il y a du nouveau ! hurlait-il. Le lièvre a changé de combe ! J'y vais, je suis le plus près.

Boris se rapprocha de Mireille. L'invitant d'un geste bref de la tête à s'écarter du groupe des autres filles.

Quand elle l'eut rejoint, il se serra contre elle, comme s'il avait envie de l'embrasser, et elle, elle se prêta au jeu, l'embrassant vraiment.

— Alors, fit-il contre sa bouche, tu l'as reconnu ?

Elle se détourna.

— Oui, on n'oublie pas l'homme qui vous a dépucelée en vous violant. Même si on croit l'avoir oublié.

Juste en haut du versant qui sépare, dans la montagne de Lure, la combe dite Longue de la combe dite de l'Ours, deux personnages en tenue de chasse jouaient des rôles différents. Le premier était assis dans les cailloux fumant une Gallia, blouson déboutonné, rigolard, son « Savage Model 330 O/V » posé à côté de lui.

A deux mètres devant lui, un petit chauve à lunettes Amor de myope moyen et moustache couleur moutarde, se dressait, tenant d'une main un « Champlin Over and Under Shot Gun » dont il n'avait visiblement aucune envie de se servir. C'était la main gauche qui tenait le Champlin. Quant à la main droite, elle se collait de toute la paume à la joue correspondante.

— Baouh !... Baouh !... aboyait Aimé Brichot.

— Baouh !... Baouh !... répondait au loin un chien de berger.

— Vas-y, Mémé ! grognait Boris. Ramène vers ici !

— Baouh ! Baouh ! continuait à aboyer Aimé Brichot, avec son chapeau tyrolien toujours enfoncé sur le crâne.

Aimé Brichot, qui avait eu le tort, hier soir, dans un de ces bons mouvements qu'on regrette au réveil comme un pincement en plein cœur, de raconter à Boris qu'il savait très bien imiter l'aboiement des chiens courants. Et, qu'enfant, dans son Berry natal, il s'en était fait une spécialité de fête foraine, moyennant petites finances.

Qu'est-ce qu'il avait du talent d'imitation, Aimé Brichot ! Là-bas, les autres chiens courants stoppaient, interdits, babines pendantes. Et les chasseurs s'agitaient partout.

— Il est vers vous ? cria Fouillerot.

Boris était le seul visible.

— Oui ! En dessous ! Qu'est-ce que je fais ?

Fouillerot agita les bras.

— Ne bougez pas !

Il se tourna vers un autre bosquet.

— Bernard ! cria-t- il. Tu es le plus proche, c'est ton chien qui appelle !

Boris retint un rire. Mémé, chien de Bernard...

Boris cligna un peu ses yeux noirs : et voilà, ça marchait ! Là-bas, à deux cents mètres, un homme avançait vers lui. Le docteur Bernard Martin, gynécologue à Apt. Sûr, comme deux et deux font quatre que, pour lui, l'aboiement qui venait de ce bosquet-ci était celui de Tibère, son chien courant. Il venait, il approchait ! Il courait presque ! Il se dépêchait de courir vers le piège tendu !

Boris posa son arme inutile à côté de lui dans les cailloux.

— Arrête un instant, Mémé. Un chien courant, ça n'aboie que par périodes.

Aimé Brichot se gratta la gorge.

— Tu me fais jouer un drôle de rôle, toi ! Qu'est-ce que j'ai eu idée de te raconter, hier soir, que je savais tromper les chiens qui aboient.

Boris écrasa calmement sa Gallia.

— Parfois on a tort de trop parler, fit-il. Dans ton cas, tu n'as pas eu tort. Tu vas éviter à la police nationale des mois et des mois d'enquête.

Tout en parlant, il observait une sorte de faille, en face d'eux, avec un trou dedans. Un de ces nombreux trous des montagnes calcaires d'ici, dont beaucoup, pour ne pas dire tous, conduisent par des relais souterrains ignorés à la mystérieuse fontaine du Vaucluse, près d'Avignon.

— Recommence, Mémé... Il arrive, il ne sait pas qu'on est ici. Il ne nous a pas encore vus...

Aimé Brichot se remit à aboyer, menton levé, joues creusées. Formidable flic qui ne crachait pas sur le boulot ! Qui savait d'origine qu'il y a des choses qu'il faut avoir le courage de faire quand on est le seul à être capable de le faire. Exemple : aboyer comme un chien dans une chasse à courre pour attirer un salopard dans un piège. Et même s'il a fallu s'introduire dans une « société de chasse » au prix fort. Le prix de fusils snobs. Pour épater, pour étouffer dans l'œuf les méfiances...

— Tu es merveilleux, murmura Boris. On y croirait... Il y croit d'ailleurs, qu'est-ce qu'il court vers ici ! Qu'est-ce qu'il s'imagine que son fidèle Tibère l'appelle préférentiellement ! Alors que le Tibère nage dans la patouille là-bas, du côté de la combe de l'Ours...

Aimé Brichot eut, dans la fatigue de la voix, un raclement de gorge involontaire parfait, imitant encore plus le chien. A tromper son maître qui galopa de plus en plus vite dans la pente, fusil à la main.

— Boris, fit Aimé Brichot d'une voix raclée d'enrhumé, ne raconte jamais à Jeannette que j'ai aboyé dans la montagne...

Boris se leva.

— Promis, Mémé, mais dépêche-toi, il arrive.

Ils coururent se cacher derrière le bosquet de chênes blancs.

*
* *

— Tibère ! criait à mi-voix le docteur Bernard Martin. Où tu es, Tibère ? Tibère...

Il allait et venait sur la sorte de petit promontoire où les aboiements d'Aimé Brichot l'avaient attiré. Il était là, debout, fusil ballant à bout de bras, découpé dans le soleil de midi sur fond de paysage fabuleux. A l'ouest, les monts d'Aubrac et la Margeride. De l'autre côté de la vallée du Rhône. Loin après, la montagne Sainte-Victoire, fameuse à cause d'un peintre appelé Cézanne. Et le Mont Ventoux, dont la masse vibrait, au-delà du col de la Croix de l'Homme Mort, dans la lumière extraordinaire du mois d'octobre en Haute-Provence après un coup de mistral avorté. Plus bas, au sud, il y avait la Sainte Baume, et les montagnes dominant les gorges du Verdon. Puis à l'est, le « Fauteuil d'Henri IV », cette montagne bizarrement nommée et qui se trouve en Italie. Et là-bas, très loin, à trois cents kilomètres au moins, et qu'il fallait avoir des jumelles pour voir : la Corse !

— Tibère... reprit Bernard Martin d'une voix changée.

Il tendait l'oreille, et plus rien ne répondait. Aimé Brichot se gardait bien de singer ce qu'il était logique qu'un chien fidèle exprime d'une voix de gorge, grognant doucement, s'il avait été vraiment là.

Bernard Martin s'avança encore un peu au-dessous du bosquet, et il se bloqua tout à coup. En face de lui, la faille et son trou dans le calcaire !

— Non ! Non ! cria-t-il. Pas ici ! Non...

Boris sortit paisiblement du bosquet, son fusil à la main. Aimé Brichot sortit de l'autre côté.

— Et voici l'heure venue, docteur Martin, dit Boris Corentin. L'heure de payer.

Le médecin vacilla. Faisant semblant une ultime fois de ne pas comprendre.

—Mais... Qu'est-ce que vous faites ici ? Vous êtes prévus tous les deux sur l'autre versant !

Il rit nerveusement.

— Ah, ils sont bons chasseurs, les invités de Marco !

— Meilleurs chasseurs que vous ne croyez, docteur, fit Boris Corentin en s'approchant.

Il fixa le médecin de la tête aux pieds.

— Ainsi, c'était vous, l'homme aux Weston.

Les chaussures de chasse de marque célèbre étaient posées sur les lauzes de la montagne de Lure comme des preuves vivantes. Les Weston du violeur de Mireille, les Weston entrevues de dessous le lit où elle s'était réfugiée lors de l'assassinat d'Ange Badolini !

— Qu'est-ce que vous avez à regarder mes chaussures ? se cabra le médecin. Elles vous font envie ?

Boris hocha la tête.

— Arrêtez votre cinéma. Vous avez très bien compris.

Bernard Martin eut une légère hésitation.

Il avait le regard dur, encore un instant contrôlé de ceux qui ont compris que l'heure finale a sonné, mais se réfugient dans une dernière bravade d'attitude, comme le condamné qui demande : « Encore un instant, monsieur le bourreau ». « Encore un instant de liberté... »

— Je... je ne vous suis pas du tout, balbutia Bernard Martin. Pour moi, vous êtes des compagnons de chasse et rien d'autre. Qu'est-ce que signifient toutes vos manigances ?

Boris alluma une Gallia.

— Je vous en prie, vous n'êtes pas aussi bête que vous jouez à le paraître.

Le médecin se cabra.

— Je ne vous permets pas !

Boris expira une lente bouffée.

— Vous feriez mieux de regarder ce que fait mon ami. On gagnera du temps.

Aimé Brichot s'était placé à sa gauche, du côté de la pente.

— Vous avez compris que nous savons tout, vous ne croyez pas ?

Il plongea la main droite dans la poche de poitrine de son blouson de chasse et sortit sa plaque de police.

— Monsieur, ici présent, fit-il en désignant Boris d'un geste noble, est l'inspecteur divisionnaire Boris Corentin, de la Brigade Mondaine, à Paris, quant à moi, je ne suis qu'inspecteur principal, désolé, mais ça n'est pas si mal dans la hiérarchie, croyez-moi.

Subitement, le médecin s'était mis à transpirer, la sueur lui coulait aux tempes, aux ailes du nez. Un formidable afflux de gouttelettes qui était à lui seul comme un aveu.

— Vous êtes gonflés tous les deux, quand même ! fit-il avec une reprise de contrôle qui épata les deux policiers. Vous débarquez comme ça dans une chasse privée et vous vous imaginez posséder tous les droits. On vous paye, nous autres, les contribuables ! Il y a des voyous à arrêter en France, pas des honnêtes gens.

Loin derrière eux, dans les montagnes, des chasseurs hélaient. Des filles en avaient marre de crapahuter. Mais personne ne songeait à ce bosquet secret où tout se jouait.

— OK, fit Boris. Puisque vous voulez jouer au con, on va vous aider. On reprend tout par le début.

Le médecin transpirait abominablement, mais il se taisait.

— Il y a longtemps, reprit Boris, que vous êtes quelques-uns à avoir bien rigolé entre copains sous prétexte de groupe de chasse au jas de Miravail. Notez que ça, je ne peux pas vous le reprocher. Après tout, il ne s'agissait que de prostituées. Seulement, vous avez voulu pousser les choses plus loin, et la catastrophe s'est produite. En deux fois. D'abord, vous, docteur Bernard Martin, vous avez pris en stop une nuit de pluie, sur la route de Sisteron à Mallefougasse, une gosse paumée que vous avez violée. Violée et dépucelée. A seize ans... Et puis il y a eu l'autre affaire. L'autre auto-stoppeuse, vous vous rappelez ? Et celle-là, vous l'avez embringuée dans votre combine du jas-relais de chasse. Vous l'avez eue. Blousée. Et un jour, elle a été enceinte. Vous êtes gynécologue, monsieur le docteur aux Weston de chasse ! Vous avez décidé de l'avorter, dans le jas de Miravail. Ah, ça a mal tourné ! Vous avez loupé votre coup. La fille est morte. Morte d'hémorragie parce qu'elle était trop loin d'un hôpital, et que vous ne vouliez surtout pas la conduire à un hôpital, ce qui aurait signifié pour vous l'aveu public de votre crime.

« Et elle s'est saignée, devant vous, là-bas, au jas de Miravail. Et puis, elle a fermé les yeux, et tout a été fini. Une fille de dix-huit ans venait de mourir. A cause de vous.

Le gynécologue s'était reculé.

— Vous êtes fous à lier, tous les deux ! Est-ce que vous vous imaginez que je marche dans votre combine ?

« Bernard !... Ber-nard !... » hurlaient au loin des voix. « Qu'est-ce qui se passe ?... »

« Se passe... se passe... » répétait l'écho de la montagne. Au-dessus d'eux, des corneilles criaient. A leurs pieds, l'herbe « flottait » dans les restes doux du mistral comme des algues du fond de la mer. Il faisait chaud, on avait envie de se mettre en manches de chemise et descendre dans la Combe Longue, jusqu'à Saint-Etienne-les-Orgues, avec un panier à la main pour y mettre les champignons frais et croquants qu'on aurait ramassés.

— Savez-vous en face de quoi nous nous trouvons, tous les trois ? reprit Boris.

Il fixait la faille dans le calcaire en face d'eux. Toute petite, cernée de lavandin sauvage et de framboisiers.

Bernard Martin vacilla.

— Je ne comprends pas, où voulez-vous en venir à la fin ? Boris se tourna vers Aimé.

— Excuse-moi, puisqu'il se bute, il faut bien que... Vas-y, vieux frère.

C'était terrible ce qu'Aimé Brichot avait entrepris. Il n'aurait pas souhaité à son pire ennemi de le faire, et pourtant, il le faisait, sous le soleil brûlant d'octobre dans la montagne.

Qu'est-ce que c'était long et atroce de se pencher sur un trou de montagne bouché par des cailloux qu'il fallait enlever un à un pour en dégager l'entrée ! Qu'est-ce que ça durait, son macabre travail ! Enfin, il réussit à dégager l'orifice. Alors, il prit une longue inspiration et il plongea, sur les coudes, sachant très bien ce qu'il cherchait.

Il tira la « chose » par les poignets. Puis les bras vinrent. Et le corps tout entier. Le corps desséché par l'altitude d'une fille de dix-huit ans que son hémorragie totale avait empêché de pourrir.

Boris regardait ailleurs, bouleversé.

— Vous étiez seuls avec vos complices dans le jas quand vous avez fait ça ! cria-t-il. Vous vous êtes crus tout seul. Mais quelqu'un passait dans le coin. Une espèce de vieux clochard des montagnes. Un braconnier qui ne se payait son chauffage d'hiver dans son cabanon de Valbelle que parce qu'il était devenu tueur de cochons. Il vous a surpris en train de sortir la gosse du jas, puis la traîner jusqu'à votre voiture. Il n'a pas eu de chance. Vous l'avez vu. Vous avez vu qu'il vous avait vu. Vous l'avez reconnu. Ange Badolini, le clochard de Lure depuis des années. Et puis, quand vous avez apporté jusqu'à ce trou le corps de votre victime, vous avez revu Ange derrière le bosquet. Il connaissait la montagne, il avait pigé que, logiquement, vous ne pouviez venir jusque-là que pour faire disparaître le corps de la malheureuse.

Boris s'avança.

— Le surlendemain, Ange était assassiné. Sous le

prétexte que vous savez : la loi Verdheille. Seulement, il y a eu un témoin de son assassinat une fille. Mireille. Une fille que vous avez aussi violée. Et qui a eu la chance de vous échapper. Plus une confidente, Camille Titus, amie d'Ange Badolini.

Il hocha la tête, contemplant l'immensité du spectacle montagneux autour d'eux.

— Vous voyez, docteur Martin, quand on est un vrai salaud, comme vous l'êtes, il ne faut jamais compter sur la chance. La chance n'aime pas les salauds. Vous avez eu trop confiance en vous. Vous vous êtes cru protégé par on ne sait quel dieu des salauds. C'est un dieu qui n'existe pas.

Il exhiba ses canines, très carnassier.

— Votre erreur véritable, laissez-moi vous la dire.

Il baissa les yeux vers les chaussures de Bernard Martin.

— Dans une autre vie, docteur, n'oubliez jamais ce petit détail : quand on veut mener une existence hors des lois, il ne faut se singulariser d'aucune manière.

Il haussa les épaules...

— Les Weston... Qui porte des Weston dans le coin, sinon vous ? Ça se remarque, ces chaussures, même quand on est violée...

Le toubib était au bord de la nausée.

— Vous voulez dire que...

— Oui, coupa Boris, agacé subitement. Si vous n'aviez pas eu la coquetterie de venir à Lure en Weston, je n'aurais jamais été mis sur votre piste.

Il se paya le luxe de rire.

— Même dans le désert, reprit-il, il y a toujours des témoins pour remarquer la différence entre vous et les autres. Le camouflage, docteur, le camouflage... La règle de base des hors-la-loi. Désolé pour vous qui n'y ayiez pas pensé à temps.

Il s'avança.

— Venez, docteur, fit-il. Il faut payer.

Brutalement, le médecin arma son fusil de chasse et porta la bouche du canon à sa propre gorge.

— Voulez-vous que je me tue ? fit-il d'une voix âpre.

Boris haussa les épaules.

— Pourquoi pas ?... Il n'y a plus de peine de mort. Autant vous l'appliquer vous-même.

Le canon vira à quatre-vingt-dix degrés, soudain braqué sur Boris.

— Je n'ai plus rien à perdre, siffla le gynécologue. Laissez-moi partir, ou je vous tue.

Boris hocha la tête, très paisible.

— Vous irez où ? Vous êtes fichu, vous le savez bien.

L'autre le fixait.

— J'ai mon idée. Vous ne m'aurez pas aux sentiments.

Aimé Brichot se rapprocha.

— Allons, soyez raisonnable. Il est grand temps.

Le médecin vira vers lui avec son fusil.

— Taisez-vous ! Je n'ai d'ordre à recevoir de personne, surtout pas de la part d'un flic. Ecartez-vous tous les deux. La chasse continue sans moi.

Les bruits étaient légers, juste des bruits de pas dans les herbes, mais il y avait beaucoup de ces petits bruits de pas. Bernard Martin se retourna, hagard.

— Ha ! fit-il.

Ce qu'il avait en face de lui, c'était toute la chasse. Fouillerot, Durand, Montbrun, Pelisson, Roquette, et puis Marco, le pourvoyeur de filles. Et les filles ! Eliane, Daisy et les autres !... Qui le cernaient tous peu à peu, et qui fixaient tous et toutes, exorbités, le corps étendu dans les cailloux, entre des touffes d'herbe devant la faille qu'il avait tellement cru pouvoir être un tombeau secret à jamais !

Il recula.

— Vous saviez ! hurla-t-il. Vous êtes complices ! Ne serait-ce que pour non dénonciation de criminel !

— Ah, l'aveu arrive enfin ! articula Boris entre ses dents. C'est déjà quelque chose, un aveu...

Le médecin avala sa salive.

— Et puis, je n'étais pas seul à liquider Ange ! Vous étiez tous avec moi, hein ! Vous êtes tous aussi compromis que moi ! Vous n'allez pas me faire porter le chapeau à moi tout seul !

Joseph Fouillerot observait, tétanisé, le corps de la gosse.

— Je ne peux plus, balbutia-t-il. Je craque.

Il s'effondra à genoux.

— Je n'en peux plus...

CHAPITRE XVIII

Très loin en bas, on entendait des tracteurs dans la vallée du versant sud de Lure. On devait commencer les labours dans les fermes de Montleaux, du Joncas, du Tondu. A droite, vers Banon, d'autres chiens courants aboyaient. Mais ceux qu'ils écoutaient, tous et toutes subitement bloqués, c'étaient les chiens de leur propre chasse à eux. Tibère, Ferdinand, Joli-Cœur, Ficelle, Médor, Tintin revenaient de partout, en parfait « professionnels » galopant dans les vallons, langue pendante, tous au même rythme. Il n'y en avait qu'un qui aboyait : Ferdinand, le plus gros. Et devant lui, à cinquante mètres, le lièvre jaune, le lièvre scientifiquement ramené vers eux, et qui serait à portée de fusil dans cinq minutes. Un lièvre qui leur avait tellement rappelé un autre, tout à l'heure, qu'ils l'avaient d'abord laissé fuir avant de se ressaisir. De se laisser reprendre par le démon de la chasse. Surexcités par un détail : comme il ressemblait au lièvre jaune réfugié chez Ange, le clochard solitaire de Valbelle, de l'autre côté de Lure ! Et dont la traque avait provoqué tout ce malheur !

Le médecin se redressa, vibrant dans ses Weston.

— Je vous jure que j'étais seul à savoir qu'Ange m'avait vu traîner le corps de la fille. C'est moi qui me suis arrangé, ce jour-là, pour que mon chien pousse le lièvre vers Valbelle, vers le jas du vieux Corse. Il y avait eu toutes ces histoires à cause de la loi Verdheille dans le Var, ça m'a donné l'idée.

Il eut un sourire fou.

— J'ai bien dressé mon chien, reconnaissez au moins ça. Il a ramené le lièvre exactement là où je le voulais.

Il observa attentivement Aimé Brichot.

— Comme vous avez fait avec moi tout à l'heure. Chapeau, entre parenthèses, pour l'imitation des aboiements d'un chien courant...

Les autres le fixaient, établis en rond autour de lui comme un tribunal. Les filles ne bougeaient plus, frissonnantes comme si elles étaient soudain gênées d'être trop maquillées, et d'être des putes qui ont dansé, la nuit précédente, nues, avec des cartouchières ballottées autour des hanches, Mireille se serra contre Boris.

— Je le reconnais maintenant vraiment. Seulement maintenant. Cette fois j'en suis absolument certaine. Sa voix. Il avait la même voix altérée quand...

Elle détourna la tête, mèches blondes flottant dans le petit vent chaud de cette merveilleuse journée d'octobre.

— Il ne t'a pas reconnue. C'est l'essentiel. Merci.

Il se pencha.

— Si les verres de contact te gênent trop, enlève-les. C'est devenu inutile. Peu importe à présent...

Au-dessus d'eux, un planeur venu de Saint-Auban passait à ras du sommet. Ils pouvaient entendre le froissement de l'air ascendant venu de Valbelle sur lequel portaient ses longues ailes blanches effilées.

— C'est vrai, poursuivait Bernard Martin. Je suis revenu, après, quand on a eu tous réintégré le jas de Miravail. Je voulais enterrer Ange.

Il essaya de ne pas regarder la faille.

— Ici, avec la petite.

Il se rapetissa.

— Je ne sais pas ce qui s'est passé. Un troupeau de

moutons est arrivé dans la nuit, avec trois chiens de bergers. Je les connaissais bien. Depuis le temps que je parcours Lure... Et puis il y a autre chose. C'est moi, il y a deux ans, qui les ai soignés, tous les trois. Par amitié pour le patron du troupeau. Une dysenterie. Je les ai sauvés. Les bêtes se souviennent de ça. Les chiens sont venus vers moi. Leurs queues frétillaient. J'étais comme un fou. Je n'avais plus qu'une idée en tête : faire croire à un accès de fureur incontrôlée de la part des chasseurs. Il y a tellement de gens qui chassent sur le versant de Valbelle. C'est une zone tellement sauvage. Il y a même des Italiens qui viennent par ici.

— Je vois, fit Boris. Vous vous êtes dit que jamais personne ne saurait qui avait fait le coup, tellement il était énorme. Que tout le monde croirait à cette affaire de droit de passage.

— Oui, avoua Bernard Martin.

Il fixait le lièvre, au loin, qui reprenait souffle devant un amas de pierres sèches. Une ancienne cahute effondrée, au milieu d'une zone sombre et dure qui devait être des buissons de mûriers sauvages.

A dix mètres de lui, Fouillerot, Durand, Montbrun, Pelisson et Roquette se serraient les uns contre les autres, fusils « cassés » à leurs coudes. L'air de gens qui n'ont plus qu'une envie dans la vie : ne jamais être venus là.

— J'ai attiré à moi, reprit le médecin, les deux plus gros chiens. J'avais des restes de saucisson dans mes poches. Je les leur ai donnés. Ils ont dévoré tout ça en quatre coups de mâchoire. J'en ai donné aussi au troisième, et puis, comme je suis allé vers le cabanon d'Ange, ils m'ont suivi, sûrs que j'allais leur donner encore quelque chose.

« Dedans, j'ai trouvé des cordes. Je me suis servi des couteaux de tueurs de cochons du Corse pour tailler les cordes, puis j'ai attaché Ange aux colliers des deux plus gros chiens.

Il se passa les deux mains sur les tempes.

— Ça, je n'ai pas été salaud avec les chiens. Il y avait des boîtes de patés de grive chez le Corse. Je les ai toutes ouvertes, je les ai versées devant les chiens.

Il partit d'un rire nerveux.

— Encore une fois, j'ai été réglo. J'en ai donné aussi au chien que je laissais libre, la nuit tombait. Je n'ai pas très bien vu les chiens attachés au corps quand ils sont repartis derrière leur troupeau qui avait filé, doucement, vers le petit sommet, moutons serrés les uns contre les autres dans le sentier escarpé. Alors, j'ai refermé la porte du cabanon et je suis remonté dans ma voiture. Quand je suis rentré au jas de Miravail, tout le monde dormait dans la grande salle.

Il hésita.

— Tout le monde, les copains et les filles. Tous saouls. Je me suis saoulé, à mon tour, puis je suis sorti vomir dehors. Je suis revenu dedans, et j'ai encore rebu. Là, ça a fait l'effet que je voulais, je me suis endormi.

« Le lendemain, les autres m'ont demandé ce que j'étais allé faire. J'ai dit que j'étais allé vérifier chez le Corse s'il ne restait pas de traces, des empreintes. Ce qui était vrai aussi. Voilà, j'ai tout dit.

Il parut réfléchir.

— Sauf une chose... Je ne voulais pas vraiment louper la fille. Vraiment pas.

Boris hocha la tête, très longuement. Tout ce gâchis... Toute cette imbécillité.

— Vous êtes médecin, tout de même... Vous connaissez les risques qu'il y a toujours dans ce genre de chose. Il y a des cliniques. Vous auriez pu la faire entrer sous un faux nom.

Bernard Martin se redressa.

— Il y a trop de papiers à remplir, aujourd'hui, de plus en plus de papiers.

— Vous n'allez tout de même pas me dire que cette

malheureuse s'est saignée parce qu'il y a trop d'administration dans les hôpitaux et les cliniques de France!

Bernard Martin mit longtemps à repondre :

— Je ne cherche pas d'excuse... Mais d'une certaine façon oui.

Boris se rapprocha.

— Vous n'avez rien prévu en cas de complication? Pas de coagulants, pas de trousse d'intervention d'urgence?

— Non, avoua Martin, j'ai agi comme un irresponsable. Je...

— OK, fit Boris, vous avez déjà pratiqué des avortements, ça s'est toujours bien passé?

Pas de réponse.

— Alors, vous vous êtes dit : ça se passera bien encore une fois de plus. Seulement, cette fois-là, ça s'est mal passé. Une vraie boucherie... Et vous vouliez effacer votre faute et ses conséquences. Vous vous êtes retrouvé avec un homicide sur les bras, même involontaire. Est-ce que c'était vraiment une raison pour commettre, après, un autre homicide, volontaire, celui-là?

Le médecin n'arrivait pas à fuir le regard de Boris.

— Je vous souhaite, monsieur le policier, de ne jamais perdre la tête, un jour...

Boris s'avança encore vers lui.

— Je n'ai jamais violé personne, moi! Alors, taisez-vous avec vos arguments truqués.

Il était maintenant tout près du médecin et celui-ci contemplait, terrifié, l'immense silhouette de l'athlète aux yeux noirs qui le dominait de très haut.

— Mes amis, fit Bernard Martin avec un effort violent, qu'est-ce qu'ils risquent?

Boris serra les mâchoires.

— Non dénonciation de criminel. Article 62 du Code pénal, sans compter avec l'article 63, alinéa I, concernant la non-assistance à personne en danger de mort.

— Mais je suis le seul vrai responsable, balbutia Bernard Martin. Qu'est-ce que je risque, moi ?

Boris poursuivit.

— Votre cas est net. La prison à vie. Enfin, pendant assez longtemps, suffisamment pour que vous y deveniez très vieux.

Les Weston de chasse se mirent à aller et venir, hésitantes, dans les cailloux. Leur propriétaire, au-dessus, avait des jambes tragiquement en coton.

Marco, le maquereau aixois, se rapprocha de Boris.

— Il y a un truc qui ne va pas, Boris, murmura-t-il. Ils sont tous armés. Tu viens de leur dire ce qu'ils risquent. Ils n'ont plus rien à perdre. Ils vont nous braquer ! Au mieux, ils vont prendre une ou plusieurs de nos filles en otage.

Boris haussa les épaules.

— Tu vois, Marco, à force de fréquenter des voyous, tu as des réflexes inadaptés aux situations précises. Ne t'inquiète pas. OK, à leur place, des voyous feraient ce que tu dis. Parce qu'ils ont des arrières, des planques, tout un réseau de soutien. Eux, c'est quoi ? Des notables, ça veut dire des gens dont les seules arrières, les seules planques, le seul réseau de soutien s'appellent d'un seul nom : le monde de la respectabilité qui va les lâcher automatiquement. Ils sont cuits, tout nus, sans défense, et ils le savent.

— Surveille-les quand même, s'inquiéta Brichot, on ne sait jamais.

Boris sourit.

— Inutile, tout va se passer comme je sais que ça va se passer.

Il s'alluma une Gallia.

— Il va y avoir un coup de feu, puis un effondrement de cinq personnes et voilà tout.

Le gynécoloque d'Apt virait sur lui-même, yeux dardés sur le paysage fabuleux. L'Italie à l'est, la montagne Sainte-Victoire et la Sainte-Baume au sud, le

Lubéron, puis à l'ouest le Ventoux, et l'Aubrac, très loin...

Après, il alla jusqu'au corps de la gosse saignée par sa faute, et il parut le contempler avec du désespoir dans les épaules.

— Qu'est-ce que je pourrais faire, dit-il sans se retourner d'une voix subitement très assurée, pour que ma femme et mes enfants ne supportent pas, à vie, le scandale ? Surtout mes enfants. Mon fils aîné est en maths sups à Aix. Il est très fort, je ne mens pas. Les deux autres, ma fille et un garçon, marchent sur ses traces.

La voix parut se briser.

— Ma femme ne se doute de rien du tout sur ma vie secrète. Elle est merveilleuse. Elle m'a aidé, à vingt-cinq ans, quand je n'étais rien. Un riche propriétaire de Manosque voulait lui faire épouser son fils. Elle m'a préféré, alors que je n'étais rien...

Il fit sur lui-même un demi tour si vif que Marco épaula.

— Oh ! fit le médecin. Ne crains rien, Marco, ne crains rien.

Il avait pris vingt ans d'âge dans les cernes des yeux.

— Vous avez tous bien compris que je vais me faire justice, très vite. Tout ce que je vous demande, c'est de raconter, en bas, à la gendarmerie de Saint-Etienne, qu'il s'est agi d'un accident de chasse. Après tout, Messieurs les policiers, vous êtes assermentés. On vous croira, et l'honneur de ma famille sera sauf. Ma famille qui n'est pour rien dans tout ça.

Il verdissait :

— La justice, si le couple, se fait justice, lui-même, c'est aussi de permettre à des innocents de ne pas supporter à vie les conséquences des crimes de leur père, vous ne me direz pas le contraire ?

Une dernière fois, il parcourut des yeux l'alignée des filles. Ah, les filles tellement aimées, et pour qui il avait fait tant de conneries ! Il se bloqua soudain sur une silhouette. Une blonde aux yeux verts. Visiblement une fausse blonde... et, tout de suite, il pigea :

— Ah, toi ! toi ! hurla-t-il.

Des souvenirs d'auto-stop lui remontaient dans la mémoire avec une précision d'ordinateur. Evident que la blonde était une brune ! Que les yeux verts étaient en réalité des yeux noirs !...

— Ça fait trop de punitions, hoqueta-t-il. Beaucoup trop...

Ça devenait ahurissant, la situation ! Un groupe de notables salauds à des degrés divers. Et, pour témoins de toute cette frénétique confession, deux flics de la Brigade Mondaine de Paris, un maquereau notoire d'Aix, avec un réseau couvrant Marseille et la Côte, avec toutes ses putes.

Boris réfléchissait à toute vitesse. A Paris, ce même dimanche matin, un patron qui était un ami devait tourner en rond dans son appartement, tirer cigarette sur cigarette, partagé entre deux sentiments aussi violents que contradictoires : le désir de venger son frère, même si celui-ci n'avait pas été toujours quelqu'un de bien, et le désir que tout ça se passe sans articles dans les journaux.

La quadrature du cercle... Qu'il revenait à Boris de résoudre. Avec l'aide d'Aimé.

Celui-ci s'approcha, très rapide dans la démarche.

— Pense à Charlie, dit-il d'une voix sourde. Accepte ce que te dit le toubib.

Ils étaient assez loin des autres pour que personne n'entende leur conversation.

— OK, fit Boris. Mais les autres, les complices ? Non dénonciation de criminel, non assistance à personne en danger de mort... On ne peut pas les laisser filer comme ça ! Et ça veut dire que tout sera publié !

Il se mordit les lèvres. Pour la première fois de sa vie, il ne savait plus quoi décider. Et à cause de Charlie

Badolini, le frère d'Ange, qui avait caché depuis toujours le secret de ce frère déchu, et qui donc devait ne souhaiter qu'une chose : que le secret se poursuive. Ah, si ça pouvait rester si simple ! Ange avait été tué par un salaud violeur et avorteur loupé ! Et des salauds l'avaient aidé par leur silence...

Le premier salaud disait : « Je me tue. Dites que c'est un accident de chasse, pour l'honneur de mes enfants. » OK, ça pouvait aller, mais les autres ? On allait les laisser partir, comme ça, libres comme le vent, sous le prétexte qu'ils avaient eux aussi des femmes et des enfants ? Alors qu'ils n'auraient rien payé de rien ?

Qu'est-ce qui se passerait dans les semaines et les mois qui suivraient ? Parce que c'étaient des salauds, par quelque bout qu'on les prenne ! Ils rentreraient chez eux, dans leurs maisons cossues un peu partout aux alentours de la montagne de Lure, et il finirait par arriver quoi ? Un jour ou l'autre, ils se rengorgeraient d'avoir échappé à la justice. Il suffisait de les voir, alignés dans la caillasse avec leurs mines pour l'instant défaites, mais qui ne demanderaient qu'à refaire surface, menton avantageux comme avant dès l'orage passé !

« Mon Dieu, se dit Boris, le cœur battant à rompre, donnez-moi une solution au problème, une solution qui fasse justice, et qui fasse aussi que quand on va rentrer, Mémé et moi, à Paris, on puisse dire au patron que son frère est vengé. Que l'ordre des choses est en place, et qu'on n'en saura rien, à part des gens qui se tairont ! »

Est-il exact que des voix secrètes vous préviennent, au fond de vous-même, que quelque chose va se passer ? Une sorte de prescience forte comme un puits artésien dans votre inconscient ?...

Boris se sentit soudain envahi d'un calme total.

— Tu as l'air drôle, tout à coup, murmura Aimé

Brichot en ayant une furieuse envie de déboutonner le col de sa chemise tyrolienne.

Boris leva le nez :

— Regarde là-haut. Le temps vire à l'orage.

Subitement, le ciel changeait, avec une rapidité fabuleuse comme toujours en montagne. Un vent mauvais se levait, qui collait leurs vêtements de chasse bidons aux corps des putes. Là-bas, à l'ouest, l'Aubrac et la Margeride disparurent les premières. Puis la Montagne Sainte-Victoire. Et la Sainte-Baume. Et les vallonnements autour des gorges du Verdon. Le ciel d'orage galopait au-dessus d'eux. Ça y était ! On ne voyait plus depuis longtemps le « Fauteuil d'Henri IV », et déjà, à cent cinquante mètres au-dessus, le sommet de Lure disparaissait dans les nuages. Les chiens de la chasse s'étaient réfugiés à leurs pieds, gémissants. Plus bas, les troupeaux s'étaient tus, cherchant refuge partout. La pluie ne venait toujours pas, bien que du côté du Pas de la Graille, vers Sisteron, des masses humides et lourdes aient commencé à rouler, avec des tourbillons frénétiques dans l'air qui leur jetaient les premières feuilles mortes de l'automne à la figure.

Eliane se jeta la première à terre.

— La foudre ! cria-t-elle. Elle arrive ! Je le sais. En Auvergne, c'est comme ça, j'y ai passé mon enfance.

Ce n'était pas au-dessus d'eux que le ciel grondait, c'était autour d'eux. La nuit était soudain totale, comme si une éclipse était survenue en dix minutes de temps. Les fayards, les chênes blancs et les sapins se tordaient. Il y eut un éclair fantastique à cent mètres d'eux, et un fayard se mit à flamber comme une torche, puis un autre, puis un hectare de sapins ! L'orage dans Lure ! L'assaut furieux de la foudre dans un vent de folie soudaine ! Ils s'aplatirent tous au sol, le ventre dans les cailloux.

Boris releva la tête pour observer autour de lui.

Partout, les cheveux des autres se dressaient. Tirés vers le haut comme par des fils secrets. Le plus étonnant à voir, c'était les cheveux des filles, qui leur donnaient des visages de méduses soulevées par les filaments ! Seul Aimé n'avait pas de problème, pour cause de calvitie, mais les petits poils verts et courts du col de son blouson de chasse se tordaient eux aussi. L'électricité de l'orage, la foudre, rôdaient avec une odeur de mort autour d'eux, grillant les arbres trop hauts comme une baguette magique d'enfer, dressant les cheveux et les poils de cols. Boris se passa la main sur la tête. Ahurissant. Fini le temps où il était Boris le Breton aux mèches bouclées. Les mèches n'étaient plus que des traits capillaires tendus vers le haut, vers l'électricité du ciel au-dessus de lui qui n'attendait qu'un faux mouvement de sa part pour le réduire en cendres après une explosion de fusible cosmique.

L'air ambiant était redevenu très calme. Il faisait toujours aussi nuit, mais l'air était doux comme un vol d'ange à ailes translucides. On ne voyait toujours pas à trente mètres et le plus affolant, c'était de deviner que la foudre continuait à rôder, à la recherche d'une victime. L'œil du cyclone avant un nouveau déchaînement électrique. Une voix s'éleva à gauche de Boris, douce et calme, comme si elle essayait de ne pas déclencher la ruée de la foudre.

— Monsieur le policier, rappelez-vous ce que nous sommes convenus. Accident de chasse, mes enfants, ma femme...

Tétanisé, Boris contemplait le 12 de Manufrance qu'on armait là-bas dans la brume électrisée. Puis le canon fut porté vers la gorge.

— Rappelez-vous bien, reprit Bernard Martin. J'aurai buté sur une pierre. Le coup sera parti tout seul.

La détonation fut couverte par une nouvelle explosion électrique du côté d'un chêne qui s'embrasa aussitôt.

Bernard Martin s'affala comme un pantin par terre désarticulé. Et il mourut très vite.

— Non ! hurla Aimé Brichot toujours aplati dans la caillasse quelques instants plus tard. Vous êtes complètement ridicules ou quoi ?

Il haletait.

— Vous êtes ridicules ! reprit-il d'une voix de gorge, devant ce qui le sidérait le plus. C'est du suicide. Il n'y a pas d'autre mot !

Là-bas, cinq silhouettes s'étaient soudain levées. Joseph Fouillerot, le notaire, Durand, le tailleur de Manosque, Montbrun, le fabricant de pipes de Digne, Charles Pelisson, le rentier de Forcalquier, Melchior Roquette, l'horticulteur de Volx.

Et ils se mettaient à dévaler la pente, courant vers la Combe de l'Ours. Serrés comme un troupeau de moutons. Ils couraient vers ce qu'ils croyaient être la liberté !

— Couchez-vous ! cria Aimé Brichot. Couchez-vous ! La foudre, ça ne pardonne pas.

A la gauche de Mémé, à cinquante mètres, un tas de formes féminines se collait au sol. Bien sages. Sachant de tous leurs viscères qu'on ne plaisante pas avec la foudre en haute montagne.

Mais il y avait les êtres du sexe masculin ! Fous à lier comme seuls les hommes peuvent l'être. Tout le groupe des locataires du jas de Miravail. En fuite désespérée dans les cailloux de Lure. Devenus déments. Inconscients. Incapables de réfléchir plus avant à la bêtise de ce qu'ils faisaient.

Ils continuaient à fuir vers la descente, abandonnant leurs fusils l'un après l'autre. Là-haut, les nuages électriques paraissaient reprendre souffle, puis ils se resserrèrent, se concentrant vers leur cible.

*
* *

L'éclair les attrapa tous en bloc, au détour d'un bosquet de houx. Ils eurent l'air d'être saisis par une illumination d'écran d'ordinateur. Très vite, une odeur de cramé monta vers les témoins, puis les corps noircis s'effondrèrent un à un, avec des vitesses de chute différentes selon leurs poids respectifs.

Bientôt, tout ça ne fut plus qu'une série de petits tas noirâtres éclairés sous les nuages gris par l'embrasement des buissons de houx autour d'eux.

Cinq minutes plus tard, le premier rayon de soleil revenait sur les pentes de Lure. Les nuages repartaient, se dissolvaient. Et déjà on revoyait la Sainte-Baume, en bas, très loin !

*
* *

Le lièvre jaune traqué depuis si longtemps sortit de son trou et s'ébroua dans le soleil. Puis il fit une chose curieuse : pour regagner la vallée de Valbelle, sur l'autre versant de Lure, il coupa au plus droit, à travers les survivants, à ras des chevilles d'Eliane, taillant sa route à petits bonds qui lui relevaient nerveusement le cul blanc.

Marco réarma son fusil.

— Non ! cria Boris. Tu ne trouves pas qu'il y a eu assez de morts, aujourd'hui ?

CHAPITRE XIX

Charlie Badolini referma sur le coin de la table les quotidiens du matin. Il avait tout lu, tout épluché, page après page. De très gros titres : « Un accident de chasse à Lure. » Mais rien sur l'affaire de son frère. Sur les « loups » qui l'avaient tué.

— Merci, Boris, merci, Aimé, murmura-t-il. Vous avez respecté le contrat.

Il fit un petit tas de toutes ces feuilles imprimées.

— Vous avez été formidables. Ange est vengé, et tout est resté secret. Comme un « blanc » qui n'existerait même pas.

Aimé Brichot se pencha par-dessus la table vers l'homme qui était à la fois son patron hiérarchique et le parrain de son fils.

— La foudre a bon dos... fit-il.

Charlie Badolini s'envoya d'une seule inspiration douze milligrammes de goudron tabagique dans les alvéoles pulmonaires.

— Qu'est-ce que vous voulez dire au juste ?

Aimé Brichot contempla ses pieds d'un air faussement distrait. « Ses » Weston toutes neuves. Prise de guerre...

— Qu'on a eu de la chance, que vous avez eu de la chance, avec nous, via la météorologie...

— Ça c'est vrai, murmura le patron de la Brigade

Mondaine. Pour une fois qu'on règle une affaire en famille et que la chance est avec nous, ça s'arrose, non ?

Il se tourna vers l'arrière.

— Camille, tu as du champ' au frigo ?

Camille Titus s'avança sur ses béquilles, venant de la cuisine.

— Bien sûr, Charlie, que j'ai du champ'. Tu n'as vraiment pas l'air de me connaître.

Elle arriva péniblement jusqu'à eux.

— Tenez, fit-elle vers Suzanne Badolini, puisque vous êtes venue jusqu'à mon trou perdu, il fallait bien que je vous fasse une gâterie.

Suzanne Badolini contempla, étonnée, les assiettes de foie gras.

— Ma réserve personnelle, fit gaiement Camille.

Elle s'assit en face d'eux, rejetant pudiquement ses béquilles derrière son siège.

— Goûtez ça. C'est du super...

Elle se tourna « arthritiquement » vers Mireille, recolorée en brune.

— Petite, fit-elle, tu sais où est le champagne. Apporte-moi quatre bouteilles. Il faut bien ça. Ne serait-ce que pour réveiller les Parisiens venus à Nice par Air Inter puis jusqu'ici par voiture de location.

*
* *

Ils s'apprêtaient à déjeuner dans *L'auberge du Lièvre Jaune* que le soleil abandonnait peu à peu. C'était sinistre, le lieu, mais comme c'était chaud d'être entre amis ! Surtout quand toutes les choses administratives avaient été réglées via Pascal Gionnino, qui s'était chargé, entre autres, du problème de la fille tuée par un avortement loupé par le gynécologue. Un sacré coup de chapeau, au passage, aux parents : ils avaient pardonné à l'assassin de leur gosse. Chrétiennement. Et pour préserver l'avenir de ses enfants à lui, qui ne sauraient jamais que leur père avait été un salaud.

— Camille, fit Charlie Badolini, l'air faussement distrait, vous savez qu'on aurait dû vous arrêter aussi ? Excusez-moi, je ne vous dis pas ça professionnellement, mais par pure curiosité.

La vieille ex-pute de Nice rangée des affaires depuis si longtemps se tourna vers Suzanne Badolini :

— Madame, vous êtes tout le contraire de moi. Mais je suis certaine que vous me comprendrez.

Suzanne sourit :

— Je vais essayer. Je ne suis qu'une femme de fonctionnaire...

Camille agita ses gros doigts boudinés de vieille alcoolique rhumatisante.

— Ça n'empêche pas l'intelligence, et vous en avez plein les yeux. Alors, c'est à vous que je vais parler. Il y a longtemps, des siècles. J'avais vingt, vingt-cinq ans. J'étais une prostituée classique, qui prend le premier client, à Nice. Dans un studio du Vieux Nice. Celui qui est arrivé ce jour-là avait dix-huit ans, et c'était sa première fois, ça sautait aux yeux.

Elle alluma une cigarette turque, arrivée ici, dans ce désert, par Dieu seul sait quel réseau.

— J'avais l'habitude des hommes. Eh bien, j'ai deviné tout de suite, malgré son phimosis, que celui-là était de la race des hommes à femmes. Je l'ai fait opérer. Il est revenu et il m'a largement prouvé que je métais pas trompée.

Suzanne se détourna :

— Je revoudrais un verre de vin.

Charlie Badolini toussota :

— Camille, pourquoi, ne m'avez-vous rien dit, vous qui saviez tout ?

La vieille call-girl niçoise rangée des affaires depuis des siècles se mit à sourire sans méchanceté.

— Votre frère, en sortant de taule, s'est réfugié ici

parce que j'étais dans ce coin. Il est le seul homme que j'ai jamais aimé. Nous étions au-dessus des lois. Pourquoi vouliez-vous après sa mort, que j'alerte la loi ?

— Mais, tout de même, jeta Aimé Brichot, Mireille, violée et le reste. Et l'autre fille, violée, avortée et tuée...

Camille fixa le père de Rose et Colette et de Charles.

— Toi, tu es un pur, murmura-t-elle. Tu crois encore à l'existence des lois. Jette un coup d'œil vers ton patron, Charlie, vers ta flèche, Boris. Ils savent, eux, que les lois, c'est de la rigolade. Ils font ce qu'il faut pour que les apparences tiennent, mais ils me comprennent, petit. Ils me comprennent !

Elle se redressa.

— Je vous ai préparé des bécasses aux choux. Je ne vous dis que ça. Allez, passons à table.

Elle leva son verre :

— Mireille ? Bois avec nous. Boris ne te laissera pas tomber. Viens, la réalité est ce qu'elle est, Ange est mort, tu es vivante, tu n'oublieras jamais Ange. Et nous non plus. Tu as été violée, d'accord, mais nous, on t'a vengée.

Elle sourit tendrement.

— Va ouvrir la fenêtre.

Mireille s'exécuta, interdite.

De dehors, dans l'ombre humide qui envahissait la pièce, des bruits parvenaient... Pots d'échappements de moto, tintements de clochettes de troupeaux. Avec, de temps à autre, des aboiements de chiens courants.

— Ecoute, Mireille, reprit Camille, la rhumatisante bouffie. Tu as mal commencé dans la vie. C'est la vie, tous ces bruits de la vie ordinaire. De la réalité. C'est une expérience très bonne que tu as faite finalement. Crois-moi.

Elle fit signe à Mireille de refermer la fenêtre et de revenir vers elle.

— Assieds-toi tout à côté de moi. Voilà tout près... Maintenant, écoute-moi bien.

Elle se pencha.

— Amuse-toi. Amuse-toi comme une folle à partir de maintenant.

Camille se redressa.

— Bon, assez déconné. On passe à table.

Elle tendit l'index.

— Charlie ? A ma droite, Boris, à ma gauche... Suzanne en face de moi et Mémé se met à votre droite, quant à Mireille je la veux, excuse-moi, Boris, mais tu vas te pousser d'une chaise, je la veux tout à côté de moi.

Charlie Badolini se mit à toussoter, discrètement :

— Mireille, fit-il, qu'est-ce que tu dirais de monter à Paris ? On a une chambre inoccupée dans l'appartement. J'en ai parlé à Suzanne, elle est d'accord.

Il sourit, très grand-père.

— On n'a pas d'enfant, tu sais, ce n'est pas seulement pour le souvenir d'Ange. Ça nous plairait vraiment que tu viennes.

Mireille se leva ; Bouleversée.

— Boris, murmura-t-elle, je peux aller l'embrasser ?

*
* *

Ghislaine Duval-Cochet la « régulière » des bons et des mauvais jours depuis si longtemps, celle qu'il était si doux de retrouver à l'issue d'une nouvelle affaire compliquée, stoppa brusquement le déboutonnage de sa robe de chez Dior.

— Tu n'as pas l'air de t'intéresser à moi...

Elle se pencha, seins à demi sortis du tissu hors de prix.

— Ho, mec ! Tu as attrapé quel mauvais virus triste dans les Alpes de Haute-Provence ?

Boris esquissa un sourire.

— Poulette, continue ton strip-tease. Tu sais que tu es ma seule guérison après les affaires compliquées.

Elle rit :

— Toi, je sens qu'il faut que je t'emmène passer une semaine de piscine à la *Mamounia,* à Marrakech.

Il surveillait, lentement allumé, l'ouverture recommencée des pans de la robe.

— On ne vivra qu'au bord de la piscine, à Marrakech ?

Ghislaine fit glisser complètement sa robe à ses pieds et gigota, toute nue, seins flottants, pour s'en extirper.

— Il y a aussi des lits dans les chambres, tu sais, à la *Mamounia.* Qu'est-ce que tu crois ?

Boris l'attrapa par les hanches.

— Viens, mignonne, fit-il. J'ai un lit, ici, et il n'est pas nécessaire de prendre l'avion pour se coucher à deux.

BLADE

Suivez le récit des aventures de Blade, cet homme hors pair quand il prend son départ fulgurant pour des dimensions inconnues.

Chez votre libraire :

Nº 1 : LA HACHE DE BRONZE
Nº 2 : LE GUERRIER DE JADE
Nº 3 : LES AMAZONES DE THARN
Nº 4 : LES ESCLAVES DE SARMA
Nº 5 : LE LIBÉRATEUR DE JEDD
Nº 6 : LE MAUSOLÉE MALÉFIQUE
Nº 7 : LA PERLE DE PATMOS
Nº 8 : LES SAVANTS DE SELENA
Nº 9 : LA PRÊTRESSE DES SERPENTS
Nº 10 : LE MAÎTRE DES GLACES
Nº 11 : LA PRINCESSE DE ZUNGA
Nº 12 : LE DESTRIER DORÉ
Nº 13 : LES TEMPLES D'AYOCAN
Nº 14 : LES RÊVEURS DE XURA
Nº 15 : LA TOUR DES DEUX SAGESSES
Nº 16 : LES MERS DE CRISTAL
Nº 17 : LES CHASSERESSES DE BREGA
Nº 18 : L'ÉCHIQUIER VIVANT DU HONGSHU
Nº 19 : LES RAVAGEURS DE THARN
Nº 20 : LES BARBARES DE SCADOR
Nº 21 : LES CONSACRÉS DE KANO
Nº 22 : L'EAU DORMEUSE DE DRAAD
Nº 23 : LES CINQ ROYAUMES DE SARAM
Nº 24 : LES DRAGONS D'ANGLOR
Nº 25 : LA TRIBU ROUGE DES KARGOIS
Nº 26 : LES ANDROÏDES DE MAK'LOH
Nº 27 : LA COURTISANE DE DAHAURA
Nº 28 : LE MAGICIEN DE RENTORO
Nº 29 : LE TYRAN DE TARGA
Nº 30 : LE MALÉFICE DU NGAA
Nº 31 : LES GLADIATEURS DE HAPANU
Nº 32 : LES RÉVOLTÉS DE MYTHOR
Nº 33 : LA FORÊT CARNIVORE DE JAGHD
Nº 34 : LES DESCENDANTS DES MAÎTRES DU CIEL
Nº 35 : LES SEPT DUCHÉS DU FLEUVE CRAMOISI
Nº 36 : LA VENGEANCE DU MAÎTRE DU CIEL
Nº 37 : LA CAVERNE DE L'IDOLE
Nº 38 : LES AÉRIENS DE K'TAR
Nº 39 : LES DIEUX DE LA MORT LENTE
Nº 40 : LES MANGEURS D'HOMMES D'ILETROIS
Nº 41 : LES CHEVALIERS-DRAGONS DE KHARM
Nº 42 : LES ADORATEURS DE DSCHUBBA
Nº 43 : L'EMPEREUR DE WORAD
Nº 44 : LES HORDES DU GRAND OCÉAN
Nº 45 : LES LÉGIONS DE KORUM
Nº 46 : L'ÉMERAUDE DE JOKKUN

Hank Frost, soldat de fortune.

Par dérision,
l'homme au bandeau noir s'est surnommé

LE MERCENAIRE

Il est marié avec l'Aventure.
Toutes les aventures.
De l'Afrique australe à l'Amazonie.
Des déserts du Yémen
aux jungles d'Amérique centrale.
Sachant qu'un jour,
il aura rendez-vous avec la mort.

Déjà paru chez votre libraire :

N° 1 Œil pour œil
N° 2 Sang et mort au Guatemala
N° 3 Le commando du IVe Reich
N° 4 Piste sanglante
N° 5 L'ultimatum

SERVICE ACTION

par Paul Vence

Au Service Action,
tout le monde connaît Robert Skal.
Il appartient au Groupe Ecarlate,
l'élite du contre-espionnage français.
Les hommes apprécient son courage,
les femmes son charme slave...
Mais quand la France est en danger,
il est impitoyable.
Comme un squale.

Chez votre libraire :

N° 1 K COMME KARNAVAL
N° 2 OPÉRATION JACARANDA
N° 3 TORPILLES SUR LE KGB
N° 4 PLAN GALILÉE
N° 5 CLASH A ZAGORA
N° 6 COUP DUR A KOUROU
N° 7 L'AFFAIRE TIBERMANN
N° 8 CHOC A BRISBANE
N° 9 L'ESPIONNE DE BAGDAD
N° 10 EXÉCUTION A NEW ORLEANS
N° 11 SOS FAUCON BLEU
N° 12 L'ŒIL DE MOSCOU
N° 13 CORRIDA POUR UN ESPION
N° 14 UNE BALLE SUFFIT

Achevé d'imprimer en mars 1985
sur les presses de l'Imprimerie Bussière
à Saint-Amand (Cher)

— N° d'édit. 11298. — N° d'imp. 302. —
Dépôt légal : avril 1985.

Imprimé en France